天气晴朗，做什么都可以

乔叶——著

北京联合出版公司
Beijing United Publishing Co.,Ltd.

目录

Contents

Part 2

Part 3

第三部分 133

Part 1

第一部分

一棵树要长大，要开花，

谁也无法把它封闭在冬天。

在千岛湖，做一棵树

年龄越大，我越喜欢旅行。在旅行中会越来越惊奇地发现：自己原来有那么多匪夷所思的念头，这些念头是日常生活中绝不会有的。比如生为呼伦贝尔的小草会怎样，在东海里成为一条鱼又如何……

来到了千岛湖之后，一种念头便油然而生：想在这里，做一棵树。

或者，就做一棵山上的树吧。

千岛湖的山不高大，不雄奇，不陡峭，却也不庸常。之所以不庸常，大概全都倚仗了这些树吧。一棵一棵的树，一坡一坡的树，一山一山的树，这些树，让这些山像油画一样，是活泼的油画，是正在生长的油画，是不停变幻的油画，是谁的一双大手在没日没夜地、痴迷地创作这一幅又一幅油画。

这些油画，一眼望过去全都是绿，一大团一大团的绿，一大堆一大堆的绿。可是仔细看，这些个绿，每一块绿和每一块绿都不一样。有的绿是浅浅的，如十一二岁的少女，是竹林吧？有的绿是深深的，如老成持重的长者，是松柏吧？有的绿很明媚，如刚谈恋爱的姑娘，是银杏吧？有的绿很清新，如刚刚毕业的学子，是水杉吧？一道云缠缠绵绵地绕过来，让这些个汁液丰沛的绿又变得羞涩起来，神秘起来，内敛起来，既像什么，又不像什么。

也许，说到底，它们像的，只是自己。不是吗？即使是同一块绿，也有着无数个影像。它们清晨时一个样，黄昏时又一个样，有风时一个样，有雨时又一个样。等到春夏秋冬时节更迭时，不用说，它们肯定是一个样又一个样。

满山的绿中，我默默地走着，忽然遥遥地看见一个人在一棵树下坐着。他坐得那么久，看得那么远，不知道在看什么。我便也坐在另一棵树下，也想让自己看得很远。可无论看得多远，视线所及之处，依然是满山的树。“玉川浮出碧山头，烟树重重翠欲流。”就是如此吧。

看着看着，我就觉得自己也成了一棵树。

或者，就做一棵岛上的树吧。

岛都是小小的山，被偌大的湖面映衬着，便更显得小小的了。小小的，很玲珑，却不会担心被忽略和被淹没，因为它的存在本身即是耀眼和悦目。如果说千岛湖是一件衣裳，一件巨大的衣裳，一件碧青色的丝绸质地的素净衣裳，那么，这一个个的小岛就是衣裳上的翡翠扣子吧，这些翡翠的品阶还都是高翠。这些高翠扣子没有抛光，所以它的翠色还有点儿涩感，让人的目光落在上面不容易打滑，而一旦落上去呢，也会被粘得牢牢实实，不容易离开，也舍不得离开。

那就在这样的岛上做一棵树吧。低处也好，可以叶叶安恬。高处也好，可以月照疏枝。傍花也好，可以蜂蝶拂香。临路也好，可以听闻市声。岛顶也好，可以与调皮的猴子们相伴嬉戏。若是湖边自然也好，可以于晨昏之时饱览沙鸥翔集……

微雨中，我行在龙山岛。从海公祠出来，便见左手侧的台阶下，有一家卖烤鱼的小店，小店门口，长着一棵硕大的白蜡，正值花期。碎花满树，累累垂垂。走近细赏，觉得它们有点儿像桂花，却又比桂花璀璨，简直像阳光雕成的一样。伞碰到了它们，它们便落了一伞。人碰到了它们，它们便落人一身。仿佛是问候的笑容，又仿佛是亲密的低语：你好吗？你好啊。

这可爱的小模样，着实有些招惹人。这风雨的天气，也招惹了风雨。动了心的风雨一会儿便会碰它们一碰，它们便也娇娇弱弱地落了一地。可是这情形却并不让人忧伤，仿佛它们是在用花朵来绣这个世界，落到哪里便绣到了哪里，哪里都是它们绣出的锦缎。

在这样的岛上，做一棵这样的树，也是好的吧？还一定不会失眠，每天晚上都一定能睡得酣酣甜甜。睡在这一粒高翠的翡翠上，每一个梦都会闪闪发光吧。

或者，就在许源村、在江村、在乌龙村、在外朱村、在楼底村，做一棵茶树吧。惊蛰时分，春耕催芽。清明前后，采茶上山。立夏将至，治虫追肥。中秋月圆，秋茶待采。重阳整枝，入冬培土……我的世界条栽密植，越野横岗。总有人们在为我辛勤忙碌。我要做的，就是和我的伙伴们一起迎着山风，浴着晨露，轻摇曼舞，聊天生长。一天又一天，一月又一月，一季又一季，一年又一年，满山的茶树都是相熟相亲，简直就像一家人一样——不，应当说，简直就是一家树一样。

“潇洒桐庐郡，春山半是茶，轻雷何好事，惊起雨前芽。”这是范仲淹为我写下的诗句。还有唐代的诗僧灵一也曾缓缓吟出：“野泉烟火白云间，坐饮香茶爱此山。岩下维舟不忍去，清溪流水暮潺潺。”

千年之后，他们的诗句依然在我的白毫里活着，我的气息也依然在他们的诗句里活着。

或者，干脆随便做一棵什么树吧，随便做一棵什么树都好：在芹川村做一棵树皮斑驳的榔榆，在笔架尖做一棵幼枝紫绿的兰果，在桐子坞做一棵芬芳四溢的香樟……

当然，也是随便长在什么地方都好。哪怕是“芳草西郊外，疏篱野老家”。

只要是在千岛湖，就好。

为什么这么想做一棵树呢？我问自己。

想了想，便自问自答：因为知道树往往比人活得久，活得静，活得深，活得美。尤其是在“天下第一秀水”的淳安，在千岛湖这样好山好水的地方。贪婪的我，就想做一棵树，不动，不走，就在这一个地方，一生一世。

想做一棵树。一直很想。在这里，尤其想。

也许，上辈子的我，就是这里的一棵树吧。

因为爱，所以多情

一直保持着一个习惯：如果在街上看见图案特别漂亮的花布，就买下一尺，放在柜子里。

“一尺布，裁不成衣，做不成裤，买来有什么用？”有朋友问。

“欣赏。”我说。

“真是浪费。”而我微笑。

我不觉得这是浪费。浪费是把有用的东西弄得没用，而花布作为有用的东西在我这里依然有用，怎么是浪费呢？若说是奢侈我也可以认账，不过，我自己最认可的说法是：这是多情。

因为多情，在路过某棵树下时，如果听到有清脆的鸟鸣，我就会驻足听它唱歌。

因为多情，如果看到土径旁有不知名的野花在淡淡芬芳着，我也会俯身欣赏。

因为多情，有妇人推着婴儿车从我身边走过，我会使劲地嗅嗅空气里的奶香。

因为多情，每逢热气腾腾的午餐车停在巷口，即使不吃什么，也会上去看看番茄炒鸡蛋那怡人的颜色。

真的是因为多情。所以，也常会找出以前的日记，再摘抄一些给已经长成熟男人和风韵女人的同学寄去，逗得他们哈哈大笑。还会买一些精致的信笺纸，却始终舍不得用它写信，只在上面记录几句淡雅的宋词。还曾骑车半天去看浅山上盛开的桃花，在麦田静坐许久观看蛐蛐嬉戏，睹一只蚂蚁在草叶上散步全程，醉微雨在河中群舞。曾以为一阵轻风是某个女子的叹息，一缕月华是冬雪遗忘的手帕，一个小洞是一只昆虫的乐园，一片纸屑是一个迷失了家的孩子。直到现在，也还是这样。一些预想不到的细枝末节都在我的生活里变得重要起来，让我时时流连，处处眷恋。

我知道我是痴。可我愿意这么痴着，我愿意让自己这么多情。“多情女子常轻浮。”有人这么说。可是我多情的对象比男子要广大，要丰富，要纯净——就是整个的生活。

因为有爱，所以多情。因为多情，所以生活才会那么那么美好。我甚至相信，生命的美好之处，全是因为有了人的多情。

多情是因为你的胳膊上长满了灵敏的手。

多情是因为你的额头下长满了温暖的眼。

如果你是一个多情的人，那么我衷心地为你喜悦。因为，多情的人，有福了。

亲亲土地

我曾经在乡村待了二十多年，然而不是读书，就是工作，很少和土地真正地亲近。只有偶尔空闲且恰逢农忙之时，才会“晨兴理荒秽，戴月荷锄归”，和家人到田间去劳作一番。现在回想起来，仍然有一种无法言喻的沉醉和温暖。

最喜悦的事情是播种。将手中的种子一粒粒地数好，然后因坑投子。这一个坑放三粒大的，那一个坑放五粒小的，似乎大的少放小的多放心里就很平衡。松润的土地被锄头翻起，又深深地埋下，在一翻一埋之间，土地却暗暗地转换了神情。我当然知道它的秘密，于是在行走的时候，就会分外地小心翼翼了，仿佛是一个怀了孕的女子。其实，她真是一个怀了孕的女子呢。我怎么敢重重地踩“她”的肚皮呢。不仅是我，所有懂得土地的人，此时都会落脚轻轻，轻轻。

最有诗意的事情是浇田。种子种下去，如果久不发芽，农人们就要在井边架起大泵，准备浇田了。我承认我之所以说浇田最有诗意，那是因为在这项劳动中，我干的活儿往往分量最轻。一般情况下我的事情就是看泵，以便在遭遇停电或者泵崩时能够进行紧急处理。白天，我一边看泵一边就着清澈的井水洗着衣服，还听着咿咿呀呀的收音机。洗完了衣服就看书，看累了就躺在草坡上眯一会儿，惬意极了。到了晚上，我就顺着水渠慢慢地走啊走，任融融的月光在土地上铺玉流银。这时候的土地，宛如一块时时变幻着色彩的巨大丝绸，只是，没有人能够把它俯身捡起。

最难熬的事情是给半大的玉米苗施肥。正值盛夏，密密的苗儿刚好齐头高，走在田里，一丝风都别想透，一抬头，粗大的玉米叶就会划疼人的脸。挎着沉沉的化肥篮子，忍着呛鼻的化肥味儿，汗水如雨一般不停地倾泻下来，却不敢擦一擦，因为擦汗的时候，手上的化肥会趁势沾到玉米叶在脸上划出的小口子上，只要一丁点儿，就会把脸蜇得生疼……那时候，我疲倦不堪地走在似乎永远也走不到尽头的玉米田里，常常有一种想要诅咒土地的念头。但是，我从来都没有让我的诅咒出口。我知道我不配。我的诅咒会让我丧失起码的良知和做人的根本。因为，诅咒土地，就如同诅咒父母。我不能诅咒，无论我多么艰难。我唯一能做的，就是摈弃虚荣、浅薄和傥幸，去默默地、默默地承受。

最欣慰的事情当然是一年两度的收获。六月，将麦子捆绑成可爱的垛子，它们仿佛是一个个胖墩墩的小孩。我把它们爱惜地搁到车上，生怕掉了一个穗子。经过碾、压、扬、装的程序之后，麦子们终于回家了。我常常把手插在热乎乎的麦子中，让它们的体温和我的体温悄悄合唱。十月，玉米叶一天天地黄萎了，而玉米棒子却当仁不让地显露了出来。我们将玉米秆子一根根地砍倒，将棒子掰下来，拾到箩筐里。运到家后，再将它们编织成一串串金色的大辫子，挂在屋檐下，整个农家小院都在这一瞬间熠熠生辉。紧接着，黄豆，棉花，一样一样都回了家。农人们一身尘土，却从不在此刻换洗衣服，仿佛这尘土是土地赐予他们的最吉祥的徽章和最宝贵的标记。

这一切过去，就又回到了田里，开始为下一轮的播种做准备。耕、犁、耙、种……之后，我喜欢静静地坐在田埂上，看着安宁如初的土地。什么也不说，什么也不想，唯一的冲动，就是去亲亲这无语的土地。然而，我不敢。我知道自己会被农人们嘲笑。与他们内心对土地的感觉相比，我只能把自己归于羞愧和矫情。

但是，我是真的爱这土地。一贴近它，我就不想起来。它教会了我最原始最质朴的生活原则，也给予了我最丰富最宽阔的幸福手册。我一直都觉得，自己其实是土地生出的一个笨孩子，早就在它的身上扎下了根。而有一天，我死了，它一定会默契地把我覆盖起来，就像当初孕育我那样。

蹲　苗

天旱得要死。我和伯母在她家的田里边摘鲜菜边拉家常。

“伯母，玉米是不是该浇了？”我问，一边同情地看着玉米们干巴巴的叶子。

“不用。”伯母说。

“它们会渴死的。”

“哪里。它们只是该蹲蹲苗了。”

“什么？”我惊奇起来，听不懂她刚才用的那个词语，“什么是蹲苗？”

“就是天旱的时候也不去浇它们，没有水它们就不能往上长了，但是为了生存，它们就会拼命地往下扎根，用根去吸取土层里含的水。这样过一段时间之后，它们的根就能扎得牢牢实实的，再一浇水，就会长得又壮又稳。”

我不禁会心而笑。蹲苗，多么好的称呼和多么深的意义啊。拿此时的自己来说，缺少的不正是这种蹲吗？这一段时间里，我常常什么也不想写，写什么都觉得无趣。虽然也不断地出版新书发表作品，但是既没有什么由衷的激情，也没有什么本质的长进，仿佛如电脑预先设计好的程序一样，只是一种机械的运动和惯性的操作。这是一种极危险的状态。是不是我生长得太顺利了呢？如果在适当的时候我也像这庄稼一样蹲一蹲苗，就一定不会这么心疲神乏，没有后劲儿。因为，在生命史上，蹲从来就是一种必要的积蓄过程。不扎实地蹲，就不可能延展出发达的根系去获得最丰厚的滋养；不扎实地蹲，就不可能在低潮之后充满爆发力地重新站起；不扎实地蹲，就会因快速地虚长而及早地浪费珍贵的契机和希望；不扎实地蹲，就会在烈日的炙烤和风雨的袭击中让娇弱的花朵黯然凋落。

但是，蹲，绝不只是难挨的煎熬，作为母体，它还孕育了真正的成熟。它也绝不只是无边的痛楚，而更是一种胜利的潜伏。在形式上它是一种挫折，却也意味着未来的舒展有多么地自由和幸福。它也是一种外部的低姿态，在内部却是一种灵魂的镌刻和精神的拔节。

每一个人，每一个生命，都有看似灰暗的经历。其实却都是上帝赐予我们的别有殊意的蹲苗期。如果你把蹲苗期认作是不可逾越的冷落和打击，那你就注定了自己的失败。相反，如果你能辨析出这前进路程中不同寻常的停顿甚至是后退，当它来临的时候，不要投机取巧，也不要逃避躲闪，而是认认真真、一丝不苟地去欢迎它和接纳它，那你就做出了对自己最负责和最明智的选择。你就一定能够在蹲中小憩，在蹲中沉思，在蹲中聪慧，在蹲中确立，然后韬光养晦，集腋成裘，铸成生命中不可阻挡的美丽高原。

泡沫的下面是酒

“日子过得可真没有意思啊。”偶尔会听到朋友如此感慨，“整天忙忙碌碌，静下来一想，却不明白自己生活的目的和价值何在，倒看谁都比自己有奔头。”

是的，我也曾经经历过诸多这样的时刻。有时候，原本是为一个很具体的目标奔忙着：要给餐厅换一套新花型的桌椅布，要买一个什么牌子的空调，要应付两周之后的职称考试，要回老家给父母的坟上送祭礼……然而，走着，忙着，甚至是正欢天喜地地说着话，不由得，神情就一点点黯淡下来，仿佛在一瞬间，视线里起了弥天的大雾，我的眼睛和思想失去了最起码的能见度。

你是在干什么呢？你做的事情有意义吗？我问自己。

没有答案。

后来，渐渐地大了，也就渐渐地懂了。

堵车的时候，我从不着急。我知道你就是有再迫切的事，车流也不会为你而一畅千里。于是只有承受和等待。在煎熬中看着车窗外，步行的人们逍遥如仙，骑单车的人们轻快如燕，静坐的人们宁恬如草，就连电话亭里打电话的人们也仿佛一棵棵长了嘴巴的微笑的小树……每个人的状态似乎都比自己要好，要有质量，要经得起追究。但是，且慢，真的是那样吗？真如我们所想象的那样？

或许是，而更大的或许，是否。因为在他们的眼里，端坐车中的你听着音乐，发着短信，翻着漫画书，或者对镜贴着花黄，是另一道怡人的风景。

我们彼此的生活，其实都是在这样一个艳丽喧哗的表层。有多少人的生活，不是别人眼里的一个表层呢？表层是虚假的，但表层又是多么宽容。我曾无数次暗暗感谢表层的存在，正是有了这多种多样的表层之壳的掩饰，我们软弱的内心才能够被安全地覆盖。表层如此公正地包揽着我们，如此严密地爱护和养育着我们，一如我们的皮肤。

皮肤多么重要。失去任何一点皮肤，我们都会感染和疼痛。因此，不到内脏溃败、万不得已的时候，我们谁都不愿意去伤及皮肤。也因此，撒些小小的谎，说些无味的话，做些无趣的事，应酬一些讨厌的人，赶一些疲乏的路，都很基本，也很必要，都可以理解，也都可以原谅。

那天，和朋友去吃饭。她点了一瓶啤酒，服务生帮我们打开，她自斟自饮。动作激烈了些，芬芳的泡沫霎时间充盈在杯中，累珠叠玉，剔透晶莹。

“美丽的泡沫。”朋友笑道。

“永远的酒。”我亦笑。

日子还是得认认真真、踏踏实实地过下去。还是要在东西南北千丝万缕的奔波中，在横七竖八忽正忽斜的乱码中，在看似毫无章法实则息息相通的细节中，以自己的脚去踱着时间的魔毯——或许在下一刻，你就踩到了毯的边缘。你会明白，哪怕是最表层的皮肤，也是内容的一种。它从来就和我们的心、血、肉相连，密不可分。所以，不要叹息，也不要抱怨。没有不值得过的生活，也没有真正无聊的事情——除非你这个人无聊到了极致。许多琐屑悲凉的人生背后，许多浮华可笑的人生背后，许多迷茫动荡的人生背后，如果你去细细寻觅，就会发现深深隐藏着的顽强的热爱、真诚的泪水和丰厚的灵魂。

泡沫的下面是酒。

如果你还没有喝到酒，那么就先品一口泡沫。最终你将会明白，泡沫也是酒，而且，是更为温柔、亲切和含蓄的酒。

森林里的水

朋友是做地质工作的。听说在最近一次的勘探中他迷了路，经历了一些小小的惊险，我便前去看望他。

“其实没什么，干粮带得本来就很多，不过是多走了几天路而已。对我们这些人来说，走路还不是家常便饭。”朋友说。

“只怕还是与不迷路有所不同吧。”我笑道。

“倒是在找水的事情上，我多了一些与往日不同的感受。”接着，朋友跟我说了他的故事。

“这次勘探，我们请了一位山民做向导，原计划两天就出来的，没想到天气不好，向导也迷了路，就走了一个星期。虽然平白多这五天，因为吃不是问题，走路倒真是无所谓的，要命的是带的水喝完了。地图上标示这座山里是没有河的，连一条小溪流也没有。这可怎么行呢？我们问向导，向导说不用急，‘森林里最多的就是水了。’他说。‘水在哪儿？’我们问。他指了指不远处一洼肮脏的泥坑，那里聚着一些水。‘那就行。’他说。可那水太让人恶心了。向导没有理会我们的表情，自去采了一束草，把草编成碗的样子，开始往饭盒里过滤那洼水，过滤了几遍之后，水渐渐地清了，放了两片饮水消毒片，水果然就能喝了。这是他告诉我的第一种取水的方法。晚上在进帐篷之前，我发现他把塑料布一张张地大撑开，在树干上吊住四角，早上，每一张塑料布里就都聚满了露水。这是第二种。

“要是取不到露水的时候，也找不到水洼，他就找那些树干很粗、树叶很大、果实很多的树，用刀子在树干上挖一个洞，就会有水很慢地流出来。那些水的颜色有些淡绿，应当叫作树汁儿吧。或者也可以在潮湿地带去找那些很粗的藤，把藤茎割一段，就会有水流出。这一段流完之后，再在这根藤上离开尺把远割一段就行了。除了这些，他给我们提供的水源还有野仙人掌，野麻竹，野丝瓜……这位只有小学文化的向导让我震惊极了。在我们的意识里，这个森林既然没有河，老天又不下雨，那就是没有水的。但是在他的眼睛里，随便一个角落似乎都藏有水。原来，我们以为根本无法寻觅的东西，却是这样的处处留踪，处处有源。”

“对这位向导来说，用这些方法取水也许只是个经验问题。但这件事情对我的意义却绝不仅仅如此。”朋友说，“我常常以为只要自己眼睛明亮，看东西就没有不清楚的，现在才发现若是思想盲目，视力再好也没有用处。”

我们相对而坐，久久无语。如同那位向导让他震惊一样，他的讲述同样也让我震惊。是的，我们常常以为水这个名词所指的，除了雨水、河水、溪水、泉水、自来水等这些显性的概念之外就没有别的适用了，却很少有人能够想到，水，还可以是泥洼里的浑浊，是露珠的凝聚，是树的体液，是藤的腰身，是仙人掌的掌心，是麻竹的绿茎，是野丝瓜的肚腹，是花瓣的娇艳，是草叶的清香，甚至是松鼠轻盈的跳跃和小鸟婉转的歌唱……

我们往往只看到呈现在我们面前的那些，就以为已经阅尽沧海，却不曾想到，我们看到的，其实只是冰山上的一角。也许恰恰是我们以为自己看到的越多，漏掉的才更多。诚如朋友所说：如果思想盲目，视力再好也没有用处——如果精神近视，奇美的世界在我们眼里必然也会浅显成一片简单的色斑。

我想，也许，我们的错误范畴决不仅止于水，还有诸多领域的丰富和深情正在被我们狭隘的惯性忽略、挤压和简化。比如各种形式各种内容的爱，比如千姿百态千达百通的学习，比如与森林里的水一样的万事万物对我们心灵的广阔引导和纷繁启迪。

三个梦

近日做了一些梦，都是从心里做出来的。醒来时捂住心口，似乎觉得刚才这颗心趁我熟睡的时候飞出来过，在我睁开眼的一刹那才回到窝里。

梦不都是从心里做出来的，有的梦只是从脚底板做出来的，过去了就过去了。而能从心里做出的梦，就如在心里开出的花，即便花落了，那根也还是在心里扎的。野火烧不尽，梦里吹又生。

第一个梦，是先看见宝蓝宝蓝的夜空，我贴在宝蓝宝蓝的夜空上往下张望着——真是的，梦里的眼睛不知道是从哪里生出来的，似乎什么都可以看得见，那是上帝之眼。夜空下是我曾经生活过的那个村庄，然后视线就忽地降下来，我和小时候的玩伴聚在一起，嘻嘻哈哈地说着什么，然后就听到哇里哇啦的唢呐声，知道是哪家在办喜事了，一瞬间也就到了那家的院子里。我兴高采烈地挤在人群中——这真是让人喜悦的挤啊。也只有小孩子能这么天生地不被注意地挤着，在挤中忘却身心，自得其乐。如今随着年龄的增长，像我这样成人的体积和容颜，想要一脸天真地挤到人群里去看热闹，不顾忌自己也不顾忌别人，简直就是一件太过勇敢的事了。如果真的没心没肺地去挤，多半看不了什么热闹，而只能被人当热闹看。

呜里哇啦的唢呐声到了近处就变成了嘀嘀嗒嗒的声音。因为宾客频至的缘故，乐手反复吹的就一直是那首迎宾的短曲。那种短曲是红白事都用的，仅限于迎宾。——逢着这种川流不息的场合，又没有什么闲话好说，有唢呐嘀嘀嗒嗒地吹着，大镲叭叭地响着，仿佛就替人说了许多话似的。双方就都节约了一些力气和心思，多了些缠绵热切的情绪，在这种情绪里，人见人是分外的平和与亲切。只有半分钟的样子，有点儿像部队里的起床号，听起来是明朗的，直白的，喧哗的。而这种明朗喧哗和直白又绝不带丝毫喜兴，只仿佛是要响亮地上前招呼人，又因场合的匆忙而无法去认真热情，就只好端起脸用大声响迎上，而于这大声响中却又无端地炸出些苍凉和空茫。

然后我跟着人就去吃大锅菜。地锅烧得很旺，火苗扑扑地朝外闯，大锅满满的，白菜的颜色看着很清爽，粉白的肉块很有节奏地在里面起伏，褐色的粉条线条流畅细腻……我拿着碗，津液一直在口中泛动。然后，就醒了。

第二个梦，是我处在一个非常阴森可怖的境地，仿佛是武侠小说里被追杀时的情形。处处是危机，人人是杀手。一个人又一个人接连死去，死得都很惨。我没看到怎样的惨，也因此那惨是真的惨——不敢看。究竟为什么会有这种情形，没有人知道。根本也就是无从解释的。

然后我突然看见了一个囚犯，他看起来是最无辜的。头发披散着，脸颊上刺着青，双手锁在木枷里。他冷冷地看着这一切，嘴角挂着一丝微笑。他的微笑让我不寒而栗了。此前我一直觉得他是最安全的，现在才明白：原来他才是最厉害的凶手。他的手不能动，但他用那木枷的枷角可以劈人！

然后我就逃了，在巨大的松软的草丛中埋了许久，弄得一身都是草屑，却也在匆忙中感觉到草屑的湿润和青气，还有略霉的草香。刚刚从草丛里出来，坐在地上喘气，忽然就看见一个人在柱子后面朝我掷刀子，一刀又一刀。我躲得很伶俐，他一刀也没扎着我，但我一边躲一边恐惧着，总觉得会躲不过下一刀。同时还荒谬地想起一首歌的歌词："岁月如飞刀，刀刀催人老……"

正绝望着，忽然又到了一个成人进修班里，一帮人闹着去喝酒，我不想去，但被他们生拉硬拽着去了。末了，他们果然就都喝醉了，由我买单。我买了单，第二天上课，心里很期望他们有谁问一句："昨天谁买的单？"但是始终没有人问。我懊丧着，委屈着，责怪自己为什么要违拗自己的意思。自己只想着别人的感受，为什么就不尊重自己的感受？自己这样待自己原本是想让别人满足的，满足之后再看得起自己。可怎么就没想到，一个总委屈自己的人，别人肯定是看不起的啊。正这么想着，就醒了。醒来后还告诉自己，以后再遇到这样的事，宁可得罪别人，也不得罪自己。

第三个梦，梦见了一个很亲的人。在生活中他是我很熟悉的，比我大，有些忘年交的意思，一直对我很好。我其实也喜欢他，可不知怎的却比较矜持。似乎总怕他对我的好不是真的。——我这种要什么没什么的无足轻重的人，想来他也没必要对我作假，作假也是要耗费精神的。而我呢，似乎唯其什么都没有，只有自己，所以才对他一言一行都吝惜得要死，连一条短信也不肯痛快地回复给他。

但在梦里，我却是两样子了。一间空旷的屋子里，我和他坐在一张很宽大的席子上，有一搭没一搭地说着话，他听得多，我说得多。我絮絮叨叨，没完没了，说完了这个说那个，简直是有些饶舌了。一边说话一边看着他的神情，调整着说话的内容，似乎很巧妙地对他讨好卖乖着，生怕他不再喜欢我似的。到后来，他只微笑着看我，突然说："1973 年 3 月 8 日，我们第一次见面。你说，人和人之间该有多奇怪呢？"

然后，我醒了。醒来还在算：1973 年 3 月 8 日，我才几个月大，他已是一个小小少年，但在梦中他却如此笃定地确立了我们的初见。这日子固然是当不得真，可有了这个梦，却也就真了，真的不能再真了。然而这真却只是我知道的真。我念着这个日子，看着窗外朗朗的阳光，心里难过得要下雨了。

为什么只能是唐僧去取经

前一段时间，我重读《西游记》，越来越喜欢唐僧。

当然，他确实是容易讨人厌的。师徒四人中，唯有他是肉体凡胎，因为这肉体凡胎，他便最俗，要吃要喝要休息，害得徒弟们不得不到处化缘。他也最蠢，任何妖精稍施伎俩便可以将他蒙住，任谁劝也没用，他就是要掉进一个又一个坑里，整个《西游记》根本就是他的掉坑记。他也便最弱，整天不是被这个吃就是被那个吃，需要被这个救或者被那个救。他懦弱胆小，爱听谗言，动辄魂飞魄散，骨软筋麻。岂止讨人厌，简直常常让人心生鄙视。

但是，这个最俗、最蠢、最弱的人，却是取经队伍的唯一灵魂。因为取经的队伍里，只有他是最笃定的取经人。“践流沙之漫漫，陟雪岭之巍巍”，无论已经经历了什么、正在经历着什么以及还将经历什么，无论面对多少诱惑、阴谋、恐惧和绝望，他都矢志不移，百折不挠，勇猛精进，不改初心，全身心地供奉于自己所做的事，怀着对世界的大天真和大慈悲。

所以这个最俗、最蠢、最弱的人，他又最强大。读完整部书，我才明白：他一直向往的那卷真经，其实就在他慢慢走过的一山一水中，就在他慢慢熬过的一灾一难里。——取经途中的一山一水、一灾一难，又何尝不是真经本身呢？

他很单纯，他只想要真经。

他很狭隘，他只想要真经。

他很坚定，他只想要真经。

他很倔强，他只想要真经。

——你能想象孙悟空一个筋斗云去取经吗？更不用说好色嗜财的猪八戒和厚道庸常的沙悟净。

我们都是太聪明、太贪婪的人，所以，只能唐僧去取经。

所以他必得经八十一难。唯有如此，他才能取回那最宝贵的真经，而所谓的真经，也正是被他坚实的步履书写了出来，从而呈现出了最经典的意义。

唐僧，历史上的原型是玄奘，号三藏，他的学生慧立、彦悰在《大慈恩寺三藏法师传》中如此描述他的气度："眉目疏朗，端严若神，美丽如画。音词清远，言谈雅亮，听者无厌。或处徒众，或对嘉宾，一坐半朝，身不倾动。……修广适中，行步雍容，直前而视，辄不顾盼。"

没有强大的精神内修，绝不可能流溢出如此的外在风华。所以相比于他的姿容，他的精神更超凡。我怀疑《西游记》里的那些妖精都约略知道这些，所以纷纷地渴望吃他。因为他在精神意义上也确实是最美味的食物。吃了他，确实有可能获得最高品质的长生不老。

不过有趣的是，他自称贫僧。贫僧，这个寻常的自谦之词出自他的口中，是那么动我心魄。

有他这样的贫僧吗?

唐僧。人们以灿烂绚丽恢宏辽阔的唐朝为他命名，这是何等的尊爱和崇敬。这种意义，简直就等于某个太过杰出的作家，人们称他为文学。

但他是当得起的。也唯有他当得起。

穷　人

一

也许，这世界上只有两种人：穷人和富人。

——是的，没有不穷不富的人，所谓的不穷不富，毫无疑问，也一定是穷人。

二

去穷人家里，不自觉地，我都会觉得松弛，觉得舒服，觉得怎么做都没有什么不合适。这种地方，这些人，还会跟我计较什么呢？我这么想。但是到富人家里，我就开始谨慎起来，端正起来，不自觉地告诫自己，要配得上这里的东西，不要惹人笑话……那么多人啊，生来都是势利的，都嫌贫爱富，轻贫重富，笑贫羡富。

“重要的不是物质的富贵，而是精神的富贵。”“精神的富贵才能真正地征服人。”这样的话不知道是谁说的，似乎是有道理的。但是到生活中看看就知道，它的底子是多么地薄脆。精神的富贵若没有物质的富贵垫着，有几个人能看得见？在这庸俗的人世，多少人都只是被物质的富贵征服，且很满足于被物质的富贵征服？简直是过江之鲫，数不胜数。

三

便宜、打折、赠送……如此这般的广告噱头，无非都是在拿价格说事，从而刺激人去买东西。都直白、粗陋，乃至恶俗。所以，那句话就显得很高明：“你，值得拥有。”如此婉约，如此雅致，如此珍爱地奉承着你，宝贝着你——你，值得拥有。似乎你天然地拥有一张资格证，而这张证的获得和钱没有任何关系。在听到的一瞬间，你尽可以陶醉在这样的气氛里，理所当然地顺应他们的推断：我，值得拥有。那么，以此荡开：××别墅，你，值得拥有。××牛排，你，值得拥有。××手机，你，值得拥有。××鞋子，你，值得拥有……无边无际的句式复制批发，排山倒海而来，但是，很快，那点儿短命的虚幻的情境，随即就撞碎在那块坚硬无比的巨型礁石上：没有钱，你，如何拥有？

这是繁华盛世吗？我只看到：满眼皆穷人，举世皆穷人。

四

经常见到一些演说家，口若悬河，滔滔不绝，讲解产品，推销保险，宣扬理念，辩驳不同政见……每当听见口才太好的人说话，我都有一种被压迫感。如果他们的表达实在是好，我会专注地听，会沉浸其中。他们的肢体、声音、气色、表情、眼神，连同那些消失在空气中的词汇，这一切都构成一种奇妙的氛围，我很愿意暂时忘了自己。但是，只要从这个氛围中出去，我就会立刻清醒，迅速地把刚刚听过的忘掉。这些人，我想，这些人怎么就这么能说呢？怎么就这么会说呢？这是多么可疑的事啊。

还有那些喜欢诉苦的人，只要有自认为合适的场合和听众，就会喋喋不休地诉说自己的不幸。“不幸福是一种耻辱。”这是博尔赫斯的话吧，那么，把这耻辱再展示出来，就是双重的耻辱。也因此，当听到某人不止一次地复述自己的不幸，尤其是当着两个以上的人进行复述时，我就会觉得这种复述已经带有相当的表演成分——是的，单独的一对一的讲述总还是稍微私密一些，这种私密总会显得庄重，即使是表演也属技巧较弱，接近于本色演出。从这个意义上讲，那些沉默的人，对自己的苦难经常保持沉默的人，他们无声的包裹和承受，往往让我尊敬。在沉默中尊敬。

那些能言善辩的人，那些习惯倾诉的人，他们貌似富人——语言的富人，而其实，他们都是穷人。他们把财富都抹在了嘴上，所以成了穷人。而那些沉默者，他们恰恰相反，虽然他们的富都变不成钱，甚至是刀子，只会刺伤自己，但是，他们都是富人。

“我不能接受那些把苦难挂在嘴上的人。”那天，在茶馆，我听到有人这么说，那个男人冷冷地呷了一口茶，“把苦难挂在嘴上，就是没教养。人可以很苦，但不可以没教养。”

五

很多次，在街头，我看见那些女孩的穿着，有的一望而知就是暴发户，把什么好东西都堆在外头：耳朵上、脖子上、手腕上、脚腕上、头发上……丰富到啰唆，华丽到繁杂，生怕别人不知道。是那种满当当的穷。

可是，多么奇怪啊，那些雍容的，优哉游哉的，满不在乎的，总是表现出生来就是在享受富的人，在我看来，也是穷，是另一种穷：苍白的，单薄的，不堪一击的，穷。

和那些富人在一起时，我总是一眼就能看出他们富下面掩藏的穷。他们压不住这种穷，或者是富：给灾区捐款的数目，衣服的牌子，去哪些国家旅行过，住过多么高级的酒店，见过多么显赫的人……这些必须得提，一定得提。“该露不露，心里难受。该烧不烧，心里发焦。”——露和烧，在我们豫北方言里都是炫耀之意。露和烧的人，都是穷的。

也许，真正的富，只有这种：在穷中历练过，历练得很多，很深，然后抵达了富。这种富，才是最扎实的，最经得起推敲的，最有神采和韵味的，富。

多么希望自己能抵达这种富啊。至少，也要离这种富越来越近，越来越近。

六

有时候，听朋友们讲童年，讲少年，讲那些不靠谱的事。讲着讲着，大家都猖狂起来，欢乐起来，没心没肺地大笑着。回忆过去，总有一种很富裕的感觉。回忆是多么奇妙的事啊，首先是那么安全，因为已经是过去时，当然安全。其次是那么乖巧，让讲述者有着绝对的控制权，可以对它选择性遗忘、删节甚至跳过，也可以随便篡改、装修甚至颠覆性再造。总之它就是一团橡皮泥，任人按照自己喜欢的形式去重塑。还有，最重要的一点是，回忆时，人们总是富裕的。能够留下来的回忆都是人们大浪淘沙淘下来的金子，这金子可供人们去置换宝贵的充实和满足。

回忆，让人成为富人。要不然人们为什么喜欢回忆呢？

然而，只有回忆乐趣的人，又该是多么穷啊。

七

忽然想起小时候，在乡村，夏季的雨天，我坐在大门口看雨。透明的雨珠从天而降，忽大忽小，忽急忽缓，带着浅浅的一层灰气。更多的时候是不大不小，不急不缓，就那么雍容华贵地下着，像是大户人家的雨——富的雨。

有农人从地里回来了，淋着雨。有匆匆走着的，边走边骂着雨；

有慢慢走着的，哼着小调，就那么湿着头发和衣裳。我就觉得，那匆匆走着的人，就是穷人；那慢慢走着的，就是富人。而像我这种人，这么看着雨的，就也是富人。而也有那么一些人，看着雨却丝毫没有知觉的，就是穷人吧。

穷和富，原来是时时刻刻都能感觉得到的，也是瞬间就可以变化得了的。你看那从银行出来抱着鼓鼓囊囊现金的富人啊，愁眉紧锁，就是一个穷人。你看那开着三轮车卖完了菜回家的农夫啊，他双手泥泞，却俨然一个富人。

八

“很多中国人，不休息，节假日也工作，拼命挣钱，挣钱后也不吃好的、穿好的，而是要挣更多。挣了很多钱以后就买房子，小房子，大房子……”那次，在饭店，我听见邻座这么说。我回头看，说话的是一个外国男人，显然中文很好。他说话的对象是一张中国面孔，那男人彬彬有礼地笑着，点着头。

是啊，很多中国人，他们就是这个样子的。就是这么努力，就是这么励志，就是这么勤劳，就是这么辛苦——就是这么穷。骨子里的穷。即使是富，也富得那么穷。

穷得太久了。穷得太深了。穷得不能再穷了。

什么时候才能富起来呢？

特意就是特意

好像在某些事情上，我变得越来越好歹不分了。

去某朋友家做客，他为我沏茶，“这是我特意为你留的普洱，五千块钱一斤呢。”他说。

“哦。”我纳闷，“只有我来你才喝吗？你平常不舍得喝吗？我一年才来几次？不怕放坏了吗？”看他尴尬的脸色，我再火上浇油，“既然是为我特意留的，我一会儿就拿走好了。”

有朋友来郑州，到我的单位看我：“特意过来看看你。”

我看着他手中的纸袋子：“是在黄河迎宾馆开会吧？”

“对。”

“那就不是特意。是顺便。”

“顺便特意。”

“顺便就是顺便，特意就是特意。”我说，“没有顺便特意。”

是的，在我的意识里就是这样：顺便就是顺便，特意就是特意。

没有顺便特意。什么是特意？特意就是纯粹，就是专程，就是没有杂色，就是心无旁骛，就是一条道走到底，就是此时，此事，为此而来，再无其他。

但是，这样的时刻是多么少啊，貌似特意的不特意又有多么多啊。多到连对特意如此敏感的我，不小心也会差点落到别人挖出的特意陷阱中去。

那次，我去看一个朋友，正赶上他去参加一个朋友的生日饭局，那个人我也认识，只是不太相熟，他便硬拉着我参加了。在宴席上坐定之后，他有意替我在寿星面前圆场："乔叶听说今天是你的生日，特意过来……"

这个情境下，按常规我应该附和他的好意，最起码也用沉默来圆场。但我非常任性地不想。沉吟片刻，我终于开口了。

"我不是特意。是凑巧。"我说。

一桌人都看着我。

"你看你，特意就是特意嘛，有什么不好意思的。"好心的朋友顿时尴尬。

"没什么不好意思的，可我真的不是特意。"我说。

全桌人大笑。

"你看看你，哪有你这种人，给你搭好了架子你都不上。"朋友感叹。

"无功不受禄。"我说。

就是这样。在我的字典里，特意这个词，不能受别的任何污染。特意就是特意，不是别的。当然，我明白这种特意很多时候不过是一种客气，是要格外表达某种尊重。但是，用语言的帽子扣在并不符实的行为上，这种特意在本质上就更像是一种情感高压，甚至近似于诈欺。我不能容忍这种诈欺，也不能顺从自己支持这种诈欺。

因此，很抱歉，我要特意说：我实在不喜欢这种特意，请不要给我这种特意。对于这种特意，我不能接受。请不要把这种特意，浪费在我的身上。如果一定要对我这样的刁钻之徒用这个词，请用得珍重、诚实。否则除了显示出自己的油滑和世故之外，没有任何效用。

相比之下，我更喜欢这种特意：不说，只做。正如一个很久没有谋面的朋友，那天相约吃饭，临别之时，他从包里掏出一本书给我，只因很久以前的一次聊天中，我曾经说过在找这本书。给我的时候，他只说了两个字："看吧。"他没有说"这是特意给你带的书"。亦正如最疼惜我的乡下姨妈，我每次去看她，她都会给我冲上满满一碗鸡蛋茶，每次放的鸡蛋都是四个。她也只是说两个字："喝吧。"她从不说"这是特意给你打的四个鸡蛋"。

但我知道，他们都是特意。真正的特意。而且，因为他们的沉默，他们的特意就更显得醇厚，如陈年的原浆酒。

与你为敌

你是那样好的一个人，但是，正因为你的好，我常常要与你为敌。

我清楚：你根本不知道，我在与你为敌。

明明想见，但如果没有充足的理由，我就从不打电话给你。再好玩的短信，转发了一大圈，却坚决不会发给你。接到你主动的电话和短信也故作平淡。即使见了面，内心爆炸惊喜表面却沉静无比，甚至和你连一句闲谈都很吝啬。聚餐的时候，估计会和你坐一桌，我便匆匆逃去，仿佛你的在场让我无法下咽一切美食。必须和你待在一起的时候，我迫不及待想要早早离避的样子，似乎是在忍受什么酷刑。偶尔单独相处的时候，总是强烈地控制着自己想要从背后轻轻抱你的欲望，义无反顾地把门拉开，以一派光明正大的姿态驱赶那份心底涌起的最隐秘的爱。

看起来，我们之间连最平常的情谊都没有。仿佛不睦，仿佛对手，仿佛仇敌——是的，我的表情，我的身体，看起来都在与你为敌。

但是，亲爱的人，我知道：其实我不是在与你为敌。我是在与自己为敌，在与自己的内心为敌。为什么要与自己为敌？因为我是这样一个矛盾可恶的女人：听任了放纵的自己，就会怀恋起拘谨的自己；听任了饶舌的自己，就会想起沉默的自己。如果向你毫无顾忌地倾吐，我就会厌恶轻浮孟浪的自己。如果因为倾吐而失去了与你的默契会意，我就会憎恨那个无规无矩放浪形骸的自己。我的所有冷静矫饰，都是在与自己为敌。

手指连着文字，文字连着心灵，这几样事物亲密无间，环环相扣，但在我这里，我却让这条以你为目标的通途变为天堑。有时候会想：连关于爱的表达都这样困难，人活着怎么会不艰辛？不过，再一想：正因为人活着如此艰辛，才不要用粗糙的表达把精微的爱砸碎。爱，真的如一件瓷器啊。说了又怎样呢？做了又怎样呢？问着自己，无边无际的绝望铺展开来。我对自己说：就这样吧，就这样。这样也很好。对人来说，这样最残酷，但对爱情来说，这样也最慈悲。

其实，这样真的已经很好了。因为是你。因为是为你。即使是与你为敌，我也愿意缱绻于这样的战争游戏。只要有你和我共在这尘世呼吸，如此，我愿意。

与你为敌。

与自己为敌。

我最终发现：自己等于你。

如果能用笑容

和不熟悉的人乍一见面，很容易被人问起我的家庭状况。

“你父母身体怎么样？”常常有人这么寒暄。

“很好啊。”

“公公婆婆呢？”

“我刚才说的就是他们。”

“那，你娘家的父母呢？”

“都去世了。”我笑道，如同在说他们身体很好。

“都去世了？”对方往往是控制不住地震惊，“有多长时间？”

“爸爸有十七年，妈妈有十年了。”我回答得十分流利。这个时间，永远不需要去刻意想起，永远也不会模糊忘记。

“那时你还那么小。”对方的口气总会不由自主地怜悯起来，“就是现在，你也是这么小。”

“这种事情，谁也做不了主的。”我神情明朗，语音平淡，连自己也听不出有什么异样的伤感。如果一定要仔细分辨，那么有的甚至只是别人的怜悯所引起的我的歉疚。因为我纯个人的事情引起了别人情绪的不安，我对此十分有愧。

大约是见我若无其事的样子，对方的心理也就随之松弛下来。接着，他们还会好奇地问问父母在世时的事情。我仍然会微笑着告诉他们：父亲曾经怎样爱下象棋，爱写毛笔字，母亲怎样爱绣花，爱听赞美诗。

每次每次，都是这样。

“你，对他们，好像没有那么难过了。”终于有一次，一位朋友很含蓄地说。我听出了她吞吐中的疑问和另视：这个没心没肺的人，亲生父母去世这样悲哀的事情，她居然还笑得出来?

“是不是要我哭给你看？”我的笑容没有停顿，“是不是这样才会符合一个标准女儿的身份和意义？”

朋友被我噎得说不出话来。我岔开了话题，开始春波无痕地和她聊别的。

我又能怎么样?

其实，关于父母的事情，我早就预知会有人向我问起，于是曾经设想了很久很久，该使用如何一种表情来向问者讲述。沉郁的？黯淡的？思念的？怀想的？情不能已的？痛不欲生的？……最终，我选择了微笑。微笑变成了最适合我的交际语言。我为什么要在他们面前沉郁？为什么要在他们面前黯淡？为什么要在他们面前思念？为什么要在他们面前怀想？为什么要在他们面前情不能已？为什么要在他们面前痛不欲生？这些只属于我自己。

又一次想起今年清明时，和姨妈们在一起相聚时的情景。

“昨天晚上，我梦见你妈向我要钱了。说实在是没钱，连买针的钱都没有。今儿，我就给她叠了这么大这么大一个元宝……”二姨妈边说边比画。

“我也给咱大姐送钱去了，”三姨妈也说，“我年年都给大姐送钱，可就是没有梦见过大姐，也不知道大姐是嫌钱少还是咋的？”

大家絮絮地谈笑着，仿佛亡魂们还鲜灵灵地生活着，仿佛我亲爱的父母一个正在院子里种菜，一个正在厨房里蒸馒头。仿佛他们在干完活后，悄悄地洗了洗手，在我们中间坐下，默默地吃着桌子上的油条和水果。一切一切，都是那么自然，温暖，和悦。仿佛生死之墙已经不留一砖一瓦，鸣响的只是蟋蟀和蔓草舒畅的合唱。

也许，至亲的亲人便是这样的吧。也许，至生的生活便是这样的吧。面对我们无力企及的隔世，我们由痛入肌骨到逐渐释然，我深信这个过程并不是肤浅，而是在这种无奈的事情上，时间已经教会了我们去这样承受：

如果有时注定无法用悲哀拯救，那就让悲哀在内心里深掩；

如果有时真谛能够用笑容包含，那就让笑容在表情上呈现。

白头和焗油

那天，在饭桌上，甲嗔怪乙某件事失约，以怨妇怨夫的口气说道："说好一起到白头，你却偷偷焗了油。"

众人乐，由此荡开，上半句不动，下半句又延伸出多个版本。

版本一：说好一起到白头，喜欢就可去焗油。这是90后鲜肉的发声，喜欢就是理由，说是说，做是做，誓言发时只管发，违时也只管违，管他别的呢。

版本二：说好一起到白头，分手就可去焗油。这是80后孩子的态度，虽然嘎嘣利落脆，倒也不失老实本分，符合情理常规。

版本三：说好一起到白头，经常犹豫去焗油。这是我等70后的德行。白头已然遥遥在望，却总觉得嚼之无味。可是要决意和对方半路分手，又患得患失首鼠两端。于是就摇曳在白头和焗油之间，或者说是：身体在白头，精神在焗油？

版本四：说好一起到白头，最好偷偷去焗油。这是中年60后的伎俩，是他们多数人猥琐的、狡猾的、精明的策略。红旗不倒，彩旗飘飘；内外平衡，技巧高超。

版本五：说好一起到白头，一不留神焗了油。这不是代际发言，只论述一种哲学存在，是偶然，其实也是必然，或者说是偶然中的必然和必然中的偶然。

版本六：说好一起到白头，心照不宣去焗油。这是什么状态呢？两个老江湖，两根老油条，或者说两个再默契不过的知己。人生之路如此漫漫，虽说白头到老是众口一词的好事，但两个相顾白头的人也未免太过于寂寞和狭窄，那就去焗油吧。你焗油，我也焗油，用焗油得来的激情去开拓意外的惊喜，等到激情散去，一点儿也不妨碍两个人继续相顾白头。

版本七：说好一起到白头，头发白时去焗油。这可算是纯写实的非虚构，白头就是白头，焗油就是焗油，没有红杏春意闹，没有桃花朵朵开。两个人，老老实实过了一辈子，过到头发雪白，然后一起在小区门口的理发店里焗油……白头到老是功德圆满，一起去焗油是锦上添花。听上去挺好的，看上去也挺好的，可是细细想去，却莫名地觉得难过和心酸。

所谓的白头和焗油，究竟意味的是什么？相爱或不爱，忠诚或背叛，守候或归来，陈旧或新鲜……也许，这就是我们的爱情，或者是人生吧。

心和心总是碰不到面

那天晚上，散了很久的步，回到家倒头就睡，连手机都忘了关。正睡得不知所以，突然被手机铃声吵个半醒，我没睁眼睛，任它响。第二遍铃响的时候，我被迫彻底清醒，拿起电话。来电显示是同学Z的手机号码。看看表，已是凌晨两点。怎么这时候给我打电话？莫非是出了什么事情？我连忙接通，还好，耳边传来他正常的声音。

“喂，你睡了吗？”

“已经醒了。”我说，“什么事？”

“是不是有些打扰你？”

“没关系，反正已经被打扰了。”我开玩笑，“有事就说吧。”

“我没什么事。”他说，“就是睡不着，所以想和你说说话。”

“真的没事？”

“真的没事。”

“噢。”我紧张的神经一下子松弛下来，不过立马就开始愤怒。睡不着就找我？你把我当成什么人了？我是陪聊的吗？我气不打一处来。不过，再想想，也就算了。毕竟是死缠烂打过三年的同学，虽然彼此一直都有默契，属于他是我的青衫之交我是他的红颜知己的那种，却也不是经常找我。而且，或许他还有什么苦衷没有说出来，另外，我毕竟也已经醒了。

在我舒缓愤怒的空当里，他似乎也在犹豫。终于，他又开口了。

“你丈夫不在家？”

“不在。”我说。心想幸亏我丈夫不在家，不然这电话来得还挺不好解释呢。

“那我就放心了。”这个笨家伙老老实实地说，“我说的放心也没别的意思，就是怕打扰他，也怕他误会。”他的言语在停顿中跳跃，“我知道自己不该打这个电话，这么晚了还给你打电话，太不礼貌……”

半夜打电话的目的就是为自己唐突行为的本身道歉？他的啰嗦让我差点儿笑出来。我想起那个经典的段子，一位护士叫醒了正在酣睡的病人，原因是病人该吃安眠药了。

“可我只是想和你说说话……”他接着说。

“就是说说话……”他又说。

“说说话。”他重复。

“我知道了。没关系。”我说，“真的没关系。”

我们都沉默下来。我突然感觉非常难过。我真的已经不怪罪他了。可我不知道自己怎么做才能安慰他，怎么做才能让他相信我对他的打扰真的已经毫不介意。是的，不过是说说话。此时此刻，我愿意相信他的目的就是这般泉水一样的单纯。但现在的问题是，他似乎不太相信自己轻易就能获得同样单纯的理解和接受。难道为了饮下这口单纯，我们仅仅掬水如唇还不够，还必得披荆斩棘搬石头去寻找那个十万八千里的泉眼？还必得在说话这个词周围加上一些前缀或者后缀，搞出一堆复杂可笑的定语或补语？难道这样才能给语言环境创造出习惯的安全感？——难道我们必得如此？

我突然想起央视“艺术人生”的一次访谈中，主持人朱军问一直单身的演员王志文：“你到底想找个什么样的女孩？”王志文想了想，说：“就想找个能随时随地聊天的。”

“这还不容易？”朱军笑。

“不容易。”王志文说，“比如你半夜里想到什么了，你叫她，她就会说：‘几点了？多困啊，明天再说吧。’你立刻就没有兴趣了。有些话，有些时候，对有些人，你想一想，就不想说了。找到一个你想跟她说，能跟她说的人，不容易。”

是的，这其实很难。或许你人缘不错，认识的你人很多，和你关系不错的人也很多，但即使是你朝夕相处的家人，甚或是骨肉交融的爱人，你也未见得想什么时候说话就和他说话，什么时候想和他说话都不必担心失礼，不必自责，不必畏惧被冷淡和被斥责。茫茫人海，紫陌红尘，熟悉的容颜千千万万，通讯录上的名字万万千千，有几个人能让你有这样的安然和把握，去随时随地地畅所欲言？

终于，我和Z开始聊天。聊的多是同窗时候的事。他讲我的课间操姿势如何不标准，我讲他如何和同学拿起椅子打架，还聊到某位男同学一次吃十六个馒头，某位女同学在愚人节那天同时给两个男生写情书……他居然还记得我和一位语文老师的过节：那位语文老师讲课很无趣，我不爱听他的课，一次，故意设圈套问他每位老师讲课是不是都有自己属意的特点，他说当然如此，我问他他的风格是什么，他自谦说自己没有风格，我连忙做恍然大悟状，道：原来没有特点就是你最大的特点啊，怪不得我这么不喜欢听你的课呢。

寂静的深夜中，我们哈哈大笑，Z 感叹道："那时候我就惊奇，怎么会有这么直率的人，心透明得像玻璃一样。"

这是他能够在深夜把电话打给我的原因吗？

他也说起了自己现在的一些事。身在仕途，看起来是一条大道往前奔，但他的感觉常常却是迷茫的。他说他几乎每个深夜都不能自然入睡，心里空落落的，时不时地会涌起隐隐的痛楚。他和我一样，都做过几年教师，后来阴错阳差地入了宦道。"我常常想，其实自己只是适合当老师的。"他说。

那次聊天，聊了一个半小时。他问我累不累，我说不累。他说他怕我累，我说没关系。于是又聊了几分钟，他的声音开始倦怠，我才蓦然明白：他累了。其实我也累了。他问我累不累是想以关怀我的名义结束这次聊天，而我说不累则是为了让他的孤独释放干净。总之，因为客气，我们都没有说出完全的真话。

想找个什么时候都可以说话的人，是难的。想找个什么时候都说真话的人，更难。

怎么变成了这个样子？我们见人就问好，分手道再见。我们喝汤不出声，嚼食不露齿。我们长裙折扇形容淑女，西装领带装扮绅士，下出租车等待门童护顶，进别人家首先乖乖换鞋。——我们用常规行为来展示文明，用琐碎细节来约定教养，用这一切，来衡定所谓的素质、水准，乃至生活质量。在这种指数越来越高的生活质量中，再亲密的人也有了顾忌，再相知的人也有了猜度。而这些顾忌和猜度飘浮在社会生活的表面，恰恰就是人人称许的礼仪和规矩。

我突然有些感谢 Z。想想，在重重的铠甲之下，他能够拨响这个深夜来电，该经过多少次的犹豫才会付出这份勇气啊。他肯定想了又想：她丈夫是不是在家？在家会不会给她带来麻烦？丈夫不在家的话她会不会自作多情？她误会了又该怎么办？电话结束之后，他多半还会拷问自己：我怎么可以这么发疯？我是不是神经有什么毛病？要不然怎么不仅睡不着还深更半夜的往她家里打电话？

——更加混沌，更加繁赘。而他的初衷，不过是想和我说说话。他不过是想在无边的黑夜里，找个无关利害的人，说说话。

我们的心，我们最真实的那颗心，都到哪里去了呢？我相信你有，他有，我当然也有。但是身体和身体能碰见，眼睛和眼睛能碰见，唯有心和心，总是碰不到面。我们已经越来越不会真实，越来越找不到真实的渠道。即使偶尔有汩汩的清泉从深山流出——如这个夜晚 Z 的纵情来电，也很难抵达我们的手掌。因为在它经过的地方，龟裂的缝隙已经几乎把它尽数截留。

后来，Z 再也没有给我打过电话。以他官场多年积留的秉性，我想，他很可能会把这个深夜的电话视为自己的一次失态，一个把柄。或许，他还会为这个电话多次后悔和自责，但我非常想让他知道的是：我很怀念那次不速之电，我觉得那个夜晚我们之间的聊天，是和他认识这么多年来，最纯净、最美好的一次。

绷　住

她说：要绷住。

高兴的时候，要绷住。不绷，怕别人说你得意，说你轻浮，说你炫耀。还有更可怕的——你的喜悦很可能会让别人不快。因此，必须克制、控制，或者说节制，必须！幸福是一种香味。瓶塞不紧，香气就会溜走。口开得大，溜得快些。口开得小，溜得慢些。只要你开了口，哪怕再小，这香味也会减弱。因此，要绷住，要尽力把它密封好。

不幸的时候，也要绷住。对别人说又有什么用呢？谁会真正地同情你？心疼你？怜悯你？谁会与你真正地休戚与共？表面浅薄的安慰下，你怎么能肯定他没有在与你不幸的对比中欣慰着自己的幸福？即所谓的幸灾乐祸？不幸是一种秘密。一说就会扩散，人人尽知，从而将不幸扩大。因此，要绷住，不要泄露，不要倾诉，不要告诉任何人。

平常的日子呢？不喜不悲，在幸与不幸之间，更要绷住。因为没有什么可说的。平常的日子，就是坚持。

绷住的本质，就是坚持。

生而为人，人生在世，只要不是疯傻，都需要绷。有的绷功强些，有的绷功弱些。相比之下，似乎还是绷功弱的人多些。谁愿意总是压着自己或端着自己？谁不想快意恩仇，性情江湖？于是，总会在某时某刻失态于众，原形毕露。

确实不是什么人都能绷住且能绷得好的。绷得好的人，永远是一副秋水无波的平静神情。是的，就是秋水。不是春水。春水是有温度的。“春江水暖鸭先知。”而秋水，它不暖，也不凉。它几乎是没有情绪的水。绷功强的人，就是这样，他们的神情没有温度。永远是喜怒不形于色。无疑，这需要一副强韧的神经和一颗弹性极好的心灵。

我问：那你一般什么时候才绷不住呢？

她答：一个人的时候。

我问：绷不住的时候是什么样？

她答：对着镜子笑，捂住脸哭。

我问：那，你今天有没有绷住呢？

她笑了：也想绷，可是没绷好。

我也笑了。多么好的回答。与其说她是在解释自己此时的状况，不如说这是对我们友情的别致赞美——能让你绷功减弱的人，能让你松弛相对的人，应该就是值得你信任和依托的亲切的人。

但在我们同频率的笑容中，我分明看见了这广大人世中无边无际的孤独……

生活是一头猪

一直认为自己在生活中是个懵懂的人。那天，和一个朋友聊起为人处世的琐事，听他讲得头头是道，连忙把一些藏匿已久的困惑翻出来向他请教，不料他突然之间变得非常警惕："你还问我？你小说写得那么聪明，不可能不懂。"

我苦笑。已经不止一次听到有人这么评价了——小说写得聪明。说实话，对此我仍是懵懂，不知道怎么会给人留下如此印象。反正我写的时候，是没有这种感觉的。不过既然人家都这么说，我要是不认也太不识抬举，且也没有力气去反驳，于是姑且认为自己写得聪明。那么下一个困惑又来了：何以在小说中聪明而在生活中懵懂？

想着这个问题的时候，眼前正放着一碗冬瓜排骨汤。就冒出一个比喻：小说是一块排骨，生活是一头猪。

面对一块排骨的时候，我约略学过一些烹饪常识，知道什么作料什么配菜能把它做成一锅什么样的汤。酱醋盐，葱姜蒜，香菜木耳，文火武火，慢慢做来。若是做得不好，大不了换块排骨，重做。

而生活，它真的是一头猪。它是活的，总是扑面而来。它在田野里啃青，在玉米秆子里睡觉，吃泔水，拉臭粪。它四处游移，哼哼唧唧，什么味道都有，各种形态兼备。它让你不好捉，不好逮。即使你把它赶到圈里，也无法下口。当我这种智力的人面对它的时候，我没有本领来固定它，解剖它。于是我只能用本能去反应。本能的反应就是懵懂。我得承认，有许多人和我恰恰相反。他们有本事在小说中优美地失控，而在生活中保持足够平衡的理性。

他们的手中握着锋利的刀子，能干净利落地把猪置于死地。

我不能。于是我只有在夜深人静的时候，拢着一窝灶火，慢慢地，尽可能地炖好一锅排骨。而在白天，面对一头头生气勃勃横冲直撞的猪时，我最擅长做的事情，就是狼狈逃窜。

每个人都有酒窝

一位远房表嫂很爱笑，一次家族年会，我和她坐在了一起，聊了一会儿，便充分地享受了她最近距离的甜美笑容。我发现，她笑并不为什么原因，常常很平淡地说着说着就笑起来。她这么一笑不打紧，就把我们白开水一样的谈话笑成了一杯小酒，显得分外有滋味起来。

回去之后我总是忘不了她的笑容，就琢磨她为什么这么爱笑，想来想去似乎有些明白了：她笑起来脸颊上有两个小酒窝，这两个小酒窝的绽放使她整个容颜都妩媚起来，活泼起来，灵动起来。也就是说，酒窝就是她表情中最灿烂最精华的地方，而只有笑才会有酒窝呈现，所以，她才那么爱笑。

酒窝就是她的美。她要把最美的那面让人知道。

我突然想，迄今为止对这个世界最有益的美容项目也许就是做酒窝了。因了酒窝，这个世界的微笑肯定多了很多。我甚至有些天真地又想：如果每个人都像表嫂一样如此殷勤地把迷人的笑靥呈现给这个世界，这个世界就真要醉了。

可那些没有酒窝的人就不微笑了吗?

朋友的父亲年过七旬，一生最爱做的事情就是养昙花。昙花难养是众所周知的，但老人家还是孜孜不倦地养了四十年。他有一本“昙花日历”，哪株苗长了几片叶，哪朵苞预计何时开，日日不爽。去年中秋那天，昙花一下子开了九朵，引得报社记者都来做报道。老人很是风光了一把，在报纸上看见他沧桑的脸上绽放的笑容，亦纯真得如一朵昙花。

他没有酒窝。昙花就是他的酒窝吧?

单位的保洁工初中都没毕业，是半个文盲，长得也粗糙，平常都是沉默寡言，灰塌塌的。一天，偶然听见同事们讨论哪家的酱肉好吃，她居然走进来兴致勃勃地插话，说自己如何擅长做酱肉。“用不了多少时间就能把猪头肉烧得喷香通透。”许是怕我们不当真，第二天就带来一些让我们尝，味道还真是好极了。

她没有酒窝。酱肉就是她的酒窝吧?

“你怎么能和那么多人成为好朋友?有的人和你差异太大了。”一次，我问一个人缘极好的文学前辈。他笑了笑说：“我知道有人在背后议论，说我交朋友没有诚意，没有原则。甚至据此断定我是世故玲珑的万金油。对此我没有任何愧疚。和平时代，人与人之间没有什么大苦深仇，彼此宽容一些，真诚一些，就会看到许多别人的好处，也就会发现许多人都是很可爱很可交的。这样循环往复，交朋友的胃口越来越好，朋友自然越来越多了。”

“别人的好处”，就是别人的酒窝吧?原来，每个人都有自己的酒窝，这酒窝可以是品格上的丝缕之彩，可以是性情上的点水之光，可以是手艺上的一技之长，也可以是深藏在内心的那些智慧，善良，幽默，同情，慈悲……

谁都喜欢用这酒窝去盛放美好的事物，谁都愿意让自己最中意、最可心的地方成就生命的华美和绚丽。如果你能够敏锐地去发现这些酒窝，真诚地去欣赏这些酒窝，这些酒窝也都会为你打开，让你饮酒。喝了这些酒，你就会明白：原来，有太多太多的人都用特有的酒窝影射着对这个世界的热爱；原来，每一滴酒里都折射着人们对自己和对生活的眷恋。

包括你自己。

背叛自己

从某种意义上讲，这个世界里没有一个自由的人。人们被制度约束，被原则限定，被各种各样的规范和方式所引导和决定。人们违反自己的初衷，改变自己的本性，迁移自己的灵魂，失落自己的美梦。

因为无法言尽的现实的缘由。

而这些缘由，甚至能让人背叛自己。

背叛，这不是一个简单的词。当我们运用这个词语时，往往意味着一种本质的分裂已经开始。

这是一种重磅的修辞。

我的一位女友家境优裕，她本人的各方面条件也很好。然而她的恋爱却打破了她平静的生活——她与一位普通的工人相爱了。恋爱本无定则，可这场无定则的恋爱却触动了她父母心中固存的世俗的定则。她的家中被搅得翻天覆地。女友力排众议，坚定而任性地嫁了出去。

“为了爱情，我背叛了我的家庭。”那时，她痛苦却又不无自豪地对我这样说。

两年之后，她的爱情灰飞烟灭，婚姻成了一潭死水。她提出离婚，那个男人提出了非常苛刻的条件，她全答应了。为了早一天逃出围城，她愿意付出人格与尊严之外的一切代价。终于，她两手空空、一肩重债地离了婚。

“为了心灵的自由和个性的完整，我背叛了我自己当初的选择。”如此言说的时候，她面容的表情如秋叶般静美。

“你总不断地背叛自己。”我笑着对她说。

“而且还将不断地背叛下去。”她亦笑，“这样才能不断地蜕变、新生，获得一个全新的自己。”

“纵使全新了，你还会背叛它。”

“当然！”她安之若素、恬淡如水，“活着的乐趣就在于不断的自我背叛过程。你翻阅一下中国历史，从文艺、科技、农业到战争、立国，哪一项发展中没有环环相扣、丝丝相连的背叛？政治就更不用提了，那是再典型不过的典型。”

我哑然。与朋友的讨论至此为止，这个模糊而确定的大题目却衍生在了心里。由此之后，竟然对一些被许多人誉为“神经病”或“疯子”的人起了兴致，比如说他们放着好好的工作不要去大街卖雪糕，或是突发奇想地抛妻弃子去外地漫游数年，或是半夜莫名其妙地去大街喝酒，在夜风中睡一夜……觉得他们充满了叛逆的可爱。而他们的叛逆，对社会、对民众也并没有什么坏影响，只是略微有些不符合传统而已，到底无伤大雅。他们的叛逆只是针对自己，和自己过不去，让有限的个性自由在痛苦的发挥中聚集、爆发、散尽。这样谓之“背叛自己”，似乎也并不严重。

龙生龙，凤生凤，老鼠生来会打洞。对不关自己却有关旧习的事，中国人总是十分注重维护自己的主见和思维定式，对超出界外的人总要毫不留情地进行打击。若是龙生不出龙，或是龙不高兴做龙了，却要做虫，他们是不能忍受的。所以龙要叛逆自己成为龙之外的一切社会存在，需要相当的勇气。他必须有做虫也不行就去做尘土的勇气——若是凤，最好的可能是做一只羽毛未残的平凡乌鸡。

从这个角度上看，背叛自己也就难乎其难、少乎其少、贵乎其贵了。不过，话说回来，难亦不难，怪亦不怪，全看自己的一颗心怎样去解释。比如，你以为北方是个好去处，就鼓足了劲儿往北走，可走了一半儿，你又觉着南方好了，便拐回来，朝南走。你能说你背叛自己了吗？充其量背叛的不过是自己过去的脚印而已。

背叛是一种进步，是思辨的结论与智慧的成果——某些时候，不妨如此说。

读《约翰·克里斯朵夫》时，深为傅雷先生的序文所撼动。

“……儿童期所要征服的是物质世界，青年期所要征服的是精神世界。而最悲壮的是现在的自我和过去的自我冲突：从前费了很多心血获得的宝物，此刻要费更多的心血与反抗，以求解脱……”另一段则说得更好，“人生有一个时期应当敢把不公平，敢把跟着别人佩服的、敬重的东西——不管是真理还是谎言——一一摒弃，敢把没有经过自己认为是真理的东西统统否认。所有的教育，所有的见闻，使一个儿童把大量的谎言与愚蠢和人生主要的真理混在一起吞饱了。所以，他若要成为一个健全的人，少年时期的第一件事就是把宿食呕吐干净……”这段话真是惊世骇俗的背叛了！——幸亏只是在文学作品中。

鲁迅也是一个典范。在那个时代，他似乎过于孤立，处处树敌，被别人背叛也被自己背叛。

但是，背叛终究是一件简单的事，尤其是背叛自己，不需要什么声势、氛围与准备。纵使酝酿也只在内心潜伏，自己和自己吵架、打闹，一分高下。等到有一天水落石出了，你破蛹为蝶，众人惊呼：“唔！这就是某某某吗？”然后议论纷纷。你大可以不听，翩翩飞去。又有一天，你翅残腿断，迷失不前，众人又围上前指点：“这就是某某某，一个不知天高地厚的轻狂东西！”这时——你就只有装死了。若是你胆敢愤怒，而将血拍打到他们的脸上，你就成了众矢之的，因为你不但背叛了自己，而且也触怒了众人——而他们早就看你不顺眼了。

大抵如此。

背叛是一种无声的挑战，而不仅仅是更新与蜕变。不识时务就要挨打，逆流而上极易翻船，这是举世皆然的哲学。背叛如一根小小的杠杆，用不准力，杠杆会折断；用准了力，地球就会被撬起来。这或许就是许多背叛者背叛成功后被认可的缘故吧。而他被认可之后，又成为新的背叛者瞄准的目标，不知是一种庄重的惩罚还是一种可笑的奖励。

其实只要有机会，人都是喜欢背叛自己的。如演丑角的人想演正角，演淑女的人反串艺伎，皇上也想试试店小二的盘子，村姑不免企羡小姐们的闺楼。只要没有人身危险，大家都有尝试的欲望。换个角度做人看己，本是件很新鲜有趣的事儿。

说到底，人还是需要背叛。背叛了就会有新世界，就如时光背叛爱情，黑夜背叛白天。人们习惯了，也就认了。这也是中国人的好习气之一。无怪乎有句老话：九九归一，负负得正。试问：既如此，怎能不反呢？

永不言痛

我见过很多爱诉苦的女人，有的是习惯性的喋喋不休，有的是在特定的人物环境中流露真情，也有的只是对知己密友倾吐衷曲。可我不，我几乎不对任何人诉说痛苦，甚至包括我自己。

我是个很倔强很要强的女孩。这种倔强和要强绝不是表现在口锋的锐利、处世的固执和表情的高傲上，而是深藏在平和淡泊的面容下，深藏在心里。折射到外表上就成了对苦难不动声色的掩饰和包装。记得上小学时，午饭后我总是洗好碗扫过地干过许多必须得干的家务活后才能去学校，要是有人问："你在家干什么？"我就会伸展腰肢显出惬意无比的神情说："在家睡午觉呀！学校太吵人。"现在想来这似乎是一种虚荣和虚伪，可当时我确实朦胧而坚定地有这样一个意愿：不让别人知道我的辛酸和苦难。欢乐可以与人分享，痛苦却只能自己承担。

于是，深更半夜捧着课本温习预习，第二天和同学一起玩乐却把作业完成得轻松而出色，彻夜不眠地读书记笔记写稿子，看到朝思暮想的文章发表了时却满不在乎地对人说："胡写着玩呢。"因经济拮据只好在每月的零花钱里挪来挤去地买双新鞋，却宣称是妈妈给买的；分明是呕心沥血写成的文章获奖之后却调侃自己说："我运气不错。"……于是，在人们的印象中，我成了个幸运无比的女孩子：聪明伶俐又有才气，又娇又宠又惹人爱怜，干什么都成，做什么都顺利。常有人盯着我厚大的耳垂开着玩笑："这丫头真是命好！"

听到这些话，心里不知是什么滋味：一丝淡淡的自豪和满足，却又夹杂着一股浓浓的孤凄和冷寂。可我知道我不能申辩，因为人们好像一般只注重自己的血汗和泪水，对别人的不易则很少去细心体味、费神和思量。

上了师范学校之后，这种性格演化到了极致。上午还因自己亲手组建的文学社被迫解散而号啕大哭，下午却为同学一句俏皮话而开怀大笑；昨夜被人当众无理羞辱而神情沮丧，今晨却在操场上若无其事地吟诗唱歌；刚给对自己颇有成见而蓄意寻衅的班主任写了长长的违心的检查，又拉着同桌去礼堂学跳集体舞……人们都说我少年不知愁滋味，是典型的乐天派，谁又知道我把那些阴暗的事情如何密封在了记忆深处！我深深明白：这些小事除了自己，没有人能够替你记住、替你收藏，于是就装作不经意地为自己的心灵做了巨细无漏的记录。不，我绝不是死记那些陈仇旧怨的狭隘者，我只是想属实地保留一个历程——一颗年轻的心灵在风霜雨雪中成长的历程。

每每回忆起这些情节时，心中总是隐隐作痛。可我对自己说：永不言痛，永不。

再后来就是父亲的病逝，好友的遭劫，失恋的咸涩，亲情的隔离，流浪的酸楚，求学的艰辛……面对自己的痛苦，我越来越无话可说。如果朋友们是喜悦的，我何必要他们也去忧伤？如果他们是悲哀的，我又怎能再给他们加上一份忧伤？如果他们是不喜不悲的，我又如何忍心用自己的忧伤去打破他们难得的平静与安宁？

于是，我就习惯了对伤痕沉默，父亲的音容笑貌在午夜婉转梦回，醒来自己擦拭泪水；对好友的刻骨思念和怀念，自己悄悄抚平；那场缠绵悱恻的爱情在内心默默酝酿成酒，醉了自己也碎了自己；数年的寄人篱下、劳苦奔波变成了感伤而忧郁的文字还给了丰厚的生活和广漠的世界……于是，就写了两句诗来注释自己：我之所以总是面对阳光而立／是因为我不愿让你看到我身后的阴影。

但是，我习惯倾听别人的苦难，因为将心比心，我明白：苦难是一种可怕的虫子，如果不挖出去，会把人心咬噬出血。你见过这样一种苹果吗？外表红润可爱、气色极佳，可一打开，内核却是腐烂的。我不希望别人是那种人，因为我就是那种人啊。

我没有深究过自己为什么会永不言痛，好像不仅仅是因为性格的关系。也许是怕人怜悯、怕人同情，也许是想做强者，也许是潜意识中让别人认为我幸运顺利，从而去苛求我，然后在外力的逼迫下让自己成为一个高水准的优秀的人……不过，无论如何，有一点是可以肯定的：如果将来我有了爱人，我会把一切都告诉他，丝毫也不保留。因为，这个世界上我只有和他才是同舟共济患难同身的最亲密的人，我的痛，也只有他才能消化和分担。

有时，走在人流如织的大街上，看着穿着爱心T恤衫的少男少女，仰望着广场上空描画着“LOVE”字样的氢气球，欣赏着橱窗里五颜六色的生日钟和祝福卡，听着李玲玉、杨钰莹软绵绵、甜腻腻的歌曲，心里就会默默地想：这个世界是越来越粉红、越来越温馨了，在这看似越来越完美的世界上，是否还有同我一样永不言痛的人呢？如果有，他们又在哪里呢？如果读到我这篇文章，他们又会如何想呢？

轻视与尊重

前几天，有一个年轻的文学爱好者拿着一个厚厚的硬皮本，要求我给他评文章。我拒绝了，他问为什么。沉吟了许久，我终于说：“我怕我会轻视别人的感情。”

真的，对于像我这种一直和文字打交道的人来说，已经习惯了从文字中去破译许多所谓真实的东西。而对于一些刚开始习文的作者来说，他们词不达意的表述往往会很轻易地引导我在冷淡他们文字的同时去轻视他们的感情。然而我又清楚地知道，文字虽然可以表达感情，但表达感情并不一定要通过文字。文字之外是一个更大的、更丰富的触摸不到尽头的世界。因此，我又会为自己的淡漠与轻视深感无奈和惭愧。一位很好的朋友曾把她写的一篇关于母亲的文章很郑重地拿给我看，读着这篇简单而平实的文章，我的眼前静静地浮现出那位老人的面容。于是我轻轻地把文章放在一边，什么都没有说。

她与她母亲的感情肯定比我和她母亲的深。但是，我敢说，她文字中呈现出的部分却远远没有我所能呈现的多。然而这又怎么样呢？如果说这位母亲在她的文字中显得十分浅薄的话，难道文字在这位母亲面前不更浅薄吗？——我只能去这么尽力分析文字背面的情感。我真怕自己去轻视她们。

电视连续剧《北京人在纽约》里有一个情节深深地刻在了我的记忆里：宁宁与她所深恨的也曾百般刁难过的父亲的情人阿春在酒吧相遇，宁宁饱含敌意地与阿春闲聊，阿春平静地告诉她，她的妆化得太浓了，损害了她青春本色的美。

“你是在嫉妒我的年轻。”宁宁说。

“有必要吗？我是不年轻了。可我在我这个年龄是无可挑剔的，我有这个信心，你却没有。”

“我到这个年龄时会比你更美。”

“是吗？等你老了再说吧。”

“你在污辱我！”

“我之所以用这种态度和你说话，是想用一种特别的方式告诉你：不要轻视你所不了解的任何人，更不要轻视他的感情。包括你父亲的情人。”

这是一段看起来非常安恬的表演，其间却充满了锐利的言辞。这段对话让我为自己庆幸：宁宁需要被刺痛而后被提醒，而我却不需要。因为我时时都在提醒自己：你不可以去轻视任何你所不了解的人与他的情感。否则，你就可能在轻视中忽略，在忽略中轻浮，在轻浮中无知，在无知中犯下你所轻忽的罪恶。

不能轻视，就意味着一种尊重。我总觉得，有些事情哪怕我一无所知，尊重也是必要的。而且，也许正因为自己的一无所知，所以才更有必要去尊重。

我曾上过一节很有趣的地理课，讲的是澳大利亚。在讲课之前，老师在黑板上贴了一张世界地图，问道："在澳大利亚被发现之前，世界上最大的岛屿是哪个？"有人说是格陵兰岛，大家都说对。

老师很有深意地笑了。他在澳大利亚的版图上重重地画了一道白圈："同学们，在澳大利亚被发现之前，它就是最大的岛屿，人们没有发现它，但并不等于说它不存在！"

时间过了很久，这个小事情依然让我历历在目，而且越来越品之有味。是的，事实就是这样，澳大利亚在被发现之前和被发现之后，它都是最大的。它并不因为我们不知道它就会退居第二。其实我们知道的又有多少呢？我们怎么能够因为我们的不知道而去轻视它或否定它的存在呢？

我常常感到困惑，为什么那么多现代人如此习惯于宣言和判断。"是这样""是那样""一定要""不可能""绝对"……他们坚决地说着类似的话，好像一切都在他们的预言与把握之中。我也曾一度立于这群人里。但是现在，我已经悄悄地退了出来，一面惊诧着他们的雄论，一面努力让自己沉默。

沉默也许是另一种尊重。

"我们有三种人生，学习之前的人生，学习之后的人生，以及学习过程中的人生。"有人如是说。然而我却总是觉得：其实，我们只有一种人生，这就是学习过程中的人生。

对于这个令人敬畏的世界，也许只有学习才能让我们不会去轻易地实施错误的轻视。也许只有学习，才是我们对别人、对自己，也是对生活最好、最美、最大的尊重。

背上的油漆

一个女孩子莫名其妙地被老板炒了鱿鱼。老板吩咐她去财务室结算工资。中午，她坐在公园的长椅上黯然神伤。突然，她发现一个小孩子站在她身边一直不走，便奇怪地问："你站在这里干什么？"

"这条长椅椅背刚刚刷过油漆，我想看看你站起来时后背是什么样子。"小家伙说。

女孩子怔了怔，笑了。她忽然恍悟：如同这双天真烂漫的眼睛想看到她背上的油漆一样，她昔日那些精明世故的同事也正怀着强烈的兴趣，想要默默偷窥到她的颓败、落魄和失意。她决不能在丢失了工作的同时，也丢失了自己的笑容、风度和尊严。选择和被选择不过是现在这个世界上时时刻刻都在发生着的最平常不过的事情，这个事情对于她的唯一意义便是提醒她必须找出一个更适合自己的工作方式了。

于是，那天下午，她昔日的同事们纷纷心照不宣地出来和她打招呼的时候，看到的是一张与素日丝毫无异的平静美丽的面容。短暂的自我调整之后，她又拥有了开心。

生活中的失意处处可见，真的就像那些油漆未干的长椅。当然，在坐下之前，最好还是谨慎地找一个干爽的位子。不过如果实在没办法已经坐上了，那也别沮丧。站起来的时候，别让人看到你背后的油漆。怎样才能让人看不到呢？其实很简单：将那件已经沾上油漆的外套脱下来，拿在手上。回到家里，再悄悄地洗干净。

有时候，面对某些伤害，也许我们就得这么保护自己。

一张倒贴的报纸

舅舅家的长子，我该称之为表哥的，已经四十多岁了，叫光明，但他带给家里的却是一阵接一阵的黑暗。听母亲说起来，这孩子其实开始挺好的，不知道什么时候起就变成了这个样子。——往往如此，人们对乖孩子总能细致地追溯光辉历史，“从小就特别懂事”“从不乱花钱”“可知道心疼大人了”，等等。而且仿佛人人都有记忆的领地和造就的功劳。但对长歪了的，大家就都莫名其妙，仿佛人人都困惑而委屈。“真是怪啊”“造了孽了”，大抵这样把缘由归还给不知所以的命运，仿佛他的坏是个朝转夕变的奇迹。于是，在语焉不详的讲述中，光明表哥就只剩下了累累劣闻：到处坑蒙拐骗，专拣亲朋好友。对这人说自己能批钢材，对那人说自己能倒石油，对此人说有关系买便宜砖，对彼人说自己有路子去接工程。因为他常常是一脸诚恳老实之相，所以认真地吹嘘似乎更容易让人上当。把弄来的钱花完之后，他就逃之夭夭，留下妻子、父母这群不能跑的和尚在庙里替他顶缸，家里也因此被讨债者搜刮得四壁皆空。

我的儿子已经五岁了，常常被人问起对他未来有什么期许，我说：“平常人即可。”人们大多不信，说我谦虚。也是，现在的父母只有一个孩子，谁不是心比天高？谁不是指望孩子将来成龙成凤？但一想到这个表哥，我就觉得自己这个愿望是再真实不过了，而且这个真实的愿望其实也不是人们想象的那么好做。我清晰地记得，一次小病，我在打点滴时无聊至极，就读墙上的报纸，报纸是倒贴的，我就那么看着，一字字地辨认，艰难辛苦。点滴结束，我第一件要做的事情就是到街上买了一张报纸，正着看了一遍又一遍。报纸上印的是什么东西已经完全不记得了，唯一留在印象里的就是正着读一张报纸的欢乐和舒畅。

许多朴素的存在，拥有时我们不觉得珍贵。只有当另一相反的事物出现，才会知道原来的状态多么多么好。我由衷地希望自己能够尽量避免这种低级的然而又是大量复制的错误。

一棵开花的树

有风吹过的夜，哗哗作响的落叶在门外像一群放肆的小女子，旋舞，喧嚷，却又让人发怒不得。我想起园里明丽逼人的迎春花此时寂寞摇曳的样子，心里隐隐觉得不安：明天该是如何一幅碎金铺地、落英缤纷的哀艳之景呢？还有迎春花边那棵丁香树，又会以如何一种轻愁闲态带着它满身的飞雪玉屑默默地、默默地走过这晚风筑起的梦的回廊呢？

“我从来没有见过这么高大的丁香树。”一位朋友曾站在树下喃喃呓语，“跟我一样，它长疯了。”

四年前她因情事突然离开了这座小城，而后无声无息地归来，清秀的面庞依然充满灵慧与从容，却平添了一些世故与沧桑。说起昔日男友的情况，她淡淡地笑着，漫不经心。终于还是流了泪：“跑了那么远，离开了这么长时间，我一直以为早可以彻底解脱和忘记了。却不料故人已改，我心尤甚！”

我想起顾城决绝前对英儿说的话："你以为世界是很大的，足可以把心丢掉；你以为时间是很长的，足可以埋葬这一切……你以为河水可以冲淡一滴眼泪，你以为我的灵魂在石头里死了，它不会在每个春天，出现在你脚下。"

世界上总有许多坚守的灵魂，有的有心，有的无意，但他们的固执与倔强足以使他们的心疯长生根。就像这位远在天涯的朋友，她本可以安安分分地嫁人，粗糙简单地过日子，可她的心注定她必须逃离，然而，无论她逃到哪里，她都摆不脱那份刻在生命深处的爱情。就像我自己，无论以多么庸常的姿态潜伏在密集的人流中，都会被一支蜡烛、一棵青菜、一个身影、一眼回眸轻而易举地引入梧桐深院的重帷之后。然后微笑、叹息、思索、流泪或者无边无垠地倾诉和吟唱。

就像眼前这棵开着花的丁香树，它本可以在冬青树的掩映中乖巧清丽、安全明媚地生活，但却卓尔不群地超越了这里所有的树木，柔韧的枝条高擎着一束束小小的纯洁的花朵，严肃地迎接着风雨和苦难。酷似一个端庄而活泼，认真而任性的女人。

"行高于人，众必非之；木秀于林，风必摧之"，一些优秀的孤独的灵魂在与自身的斗争和外界的磨难中顽强地拓展和生长。它们的枝干虬曲盘错，它们的花朵纯如圣婴，它们的一根一叶都沁透了对生命沉重的爱恋、珍视和梦想。

……佛于是把我化作了一棵树

长在你必经的路旁

阳光下慎重地开满了花

朵朵都是我前世的盼望

当你走近 请你细听

那颤抖的叶是我等待的热情

……

这是一首凄美绝艳的情诗。我曾在众目睽睽之下朗读，几乎黯然泪下。那时我还没有恋爱，但是当那首著名的俄罗斯民歌《三套车》的乐曲在偌大的空间低沉地铺染开来时，我听到麦克风传出自己陌生的清冷的声音。我忽然真切地感到了生命的美丽、神秘和苍凉。这里没有表演者，也没有观众，只有人与人，只有心与心。而我站在一座稍高点的台子上，像一棵单薄的小树，在阳光、灯光和目光的沐浴中寂寞地开花，静静地结果。

我沉静地注视着自己，默默地走过四季。

有时我总是近乎贫乏地感受和雕琢着周围的事物，像一个手艺单调的匠人。好友尖锐地嘲笑我“总是黔驴技穷地在小花小草中找文章”。我大笑，而后无语。也许这是真的，女人的作品似乎总是局限于自身的品性，细致、敏感甚至琐碎。可谁说这就不是一切？花、草、云、水……也许这些平凡细微的事物在本质上更多地具备了女性的品质和命运，才会使她们倾心相许。而我，真的没有为此羞惭过，我的想象和激情从不曾因为对象的单一和环境的沉闷而萎缩和退化，就像一注涌流的泉水，走到哪里都要尝试着寻找自己的容器。

我爱着，走着，生活着。这就是全部。

风停的早晨，太阳还没有出来。淡淡的晨曦中，我去看望丁香。一些花朵散落在地上，像一层浅霜。而另一些正明媚地开着，像脱去战袍换裙裳的女兵。更多的是一簇簇的苞蕾，像刚出生的婴儿握着可爱的小小的拳头。

一棵树要长大，要开花，谁也无法把它封闭在冬天。

噩梦醒来是幸福

朋友每每做了噩梦都要向我报告一番，以便把这噩梦“破掉”。她一边喋喋不休一边哀叹：“怎么做了这样一个梦，多不好的兆头啊。”听我在这边不亦乐乎，她更愤愤，“怎能这样幸灾乐祸？”

“做噩梦有什么不好？我喜欢做噩梦。”我说。

“喜欢做噩梦？有病。”

但我真的是喜欢做噩梦。做噩梦常常让我感觉幸福。

“有什么理由感觉幸福？”

于是我一五一十地向朋友陈述。

首先，就当是免费观看为自己独家放映的恐怖大片。在观看过程中自己的身份还可以自由转换，或做演员，或做导演，或做旁白，或做编剧，感觉神奇无比，效果极佳。这样想想，不幸福吗？

其次，醒来后大汗淋漓，松弛酣畅，省了跑步机的麻烦，却结结实实地做了一次有氧运动。这样想想，不幸福吗？

“还有什么？”朋友三问。

还有，当然就是噩梦的内容了吧。

梦见自己不顾羞耻当街方便，对自己的行径既不齿也诧异，醒来发现原来自己只是在自家屋里内急。不幸福吗？

梦见山洪袭来，浊流连天，狂涛骇浪，汹涌澎湃，自己踩一稻草，正在水的冰凉中快速下沉，心中不胜绝望，醒来发现原来只是身边小儿自由夜溺。不幸福吗？

梦见故去的亲人音容重现，围炉煮茶欢跃谈笑，梦里也怀疑这是否是梦，甚至还偷偷数了数父亲脸上的皱纹。醒来虽然伤感，但是再一想，这已是能够与亲人们再次相聚的最亲密的途径。不幸福吗？

梦见自己满头白发，醒来照镜青丝依然。梦见自己被人追杀，醒来看见月华皎洁。梦见与爱人痛恼分手，醒来听到他的呼噜香甜。梦见脚被冻坏含泪截肢，醒来发现只是裸足被外。不幸福吗？

噩梦只是梦，再噩也不是真的。如同美梦也只是梦，再美也不是真的。其实，我发现一个有趣的现象，那些做了美梦的人，似乎也是不快乐的，他们好像觉得相比于虚假的美梦，自己的现状就如同一场真实的噩梦。因此我想，如果虚假的噩梦能让我们关注到自己早已忽略的那些珍贵的拥有，仅为这个，难道不就很幸福吗？

噩梦短暂，人生长久。有噩梦映衬，使我常常觉得，自己的人生，就是一场真实的美梦。

在水上写字

这个周末，爱人照例去和朋友们小聚。我坐在电脑前面，一气儿打了两篇小稿。于是，当他带着微醺的酒意回来，我便忽然有些恼怒，觉得自己眼里寸秒寸金的时光被他这么大把大把地挥霍掉实在是可惜。仿佛第一次注意到，自己嫁的原来是这样一个没有出息的人。

“你不觉得这样混日子很没有意义吗？”终于忍不住，我还是开了口，试图给他一场醍醐灌顶的教育。

“怎么了？”爱人很困惑的样子，“我不过是和朋友们出去玩了一会儿而已。”

“这样玩有什么必要？有什么用处？三十几岁的人了，生命短暂，就不知道用来做点儿有意义的事情吗？”

“你是不是觉得我在浪费时间？”爱人笑起来，“你应该把儿子叫过来一起给我们上课，我三十岁才开始浪费时间，可他一生下来就开始了。”

“他是个孩子！”看到他这样没正经，我几乎愤怒了。

“大人就不能玩了吗？”爱人依然心平气和地说，“我平常的工作压力那么大，偶尔玩一下，难道就有罪了？”——他从事的是一项听起来蛮重要的行政工作。

“还说你的工作呢，不过就是跟着上面唱唱四季歌罢了，最后能留下来什么？在水上写字而已。”我又把矛头转向他的工作。

“是，我的工作是在水上写字，留不下什么。那么你的工作呢？你整天在纸上写字，也发表了，也出书了，到最后是不是真的就能够留下些什么？”爱人的神情逐渐认真起来。

“当然不。”我察觉到自己的无理，口气软下来，“但是，重要的是，我喜欢这种工作。它不但给予我丰富的人生享受，并且让我用自己喜欢的方式去记录和表达。”

“你要知道，不是每个人都能够像你这样幸运。确切地说，十有八九的人都没有你这种幸运。但是，你绝不要因为你的幸运而去轻视其他的人。”爱人说，“你以为我很浑浑噩噩，是吗？其实我一直都知道自己走到了哪里，自己在做什么。”

“你在做什么？”我轻轻地问。

“我要生存，要养家糊口，所以必须做好这一份平常的工作。我要自己的亲情、友情和爱情都和谐美满，所以必须时时刻刻地维护和珍惜。我想要一副好身板去名山大川旅行，所以必须天天早起去锻炼。我还想这么平平安安、胸无大志地过到老，所以我还得经常淡化淡化自己不安分的浮躁欲望……不用你说，我也知道我平庸。可是，你知道吗？能够实现这种平庸也是一件挺不容易的事情呢。”

他的笑容有些凄凉。我的心情也不由得黯淡下来。

“你是不是也觉得自己挺难的？”许久，我问。忽然间有些良心发现。

“你以为呢？”爱人说。

我无话可答。愧疚一点儿一点儿地吞噬了我方才自鸣得意的优越感。我忽然间无比清晰地照见了自己的恶俗。是的，爱人是很平庸。然而，平庸又有什么错呢？我们无法期望人人都是伟人，那样的世界实在不堪想象。作为一个平庸的人，只要他在自己的愿望和原则之内做了最大的努力，那么他就有资格获得所有人的尊重。——也许，他的努力看起来就像是在水上写字一样秋波无痕，但是，他的手指肯定在永恒的水里留下了自己不可替代的温度。甚至，知道他的不仅仅是水，还有水里的鱼儿、虾儿，以及那些息息相关的繁茂水草。

从这个意义上讲，他绝不是在水上写字。也许，值得怀疑的，倒是我这种以文字为生，并且曾经可笑地以为会以文字流传后世的人。不知道为什么，我觉得自己的生活在那些最朴素的人面前，充满了在水上写字的意味。实在是有些自作聪明，有些枉做文章。

婚纱上的泪痕

前两天去参加表弟的婚礼，看到他和新娘向姨妈姨父鞠躬的场景。姨妈和姨父在众目睽睽之下木讷地笑着，手足无措地站在那里，姨妈的手里还抓着一把准备给客人们分发的糖果。我的眼泪止不住地落了下来。

每次参加婚礼，看到这样的场景都会让我落泪。

一九九五年的春天，我决定和林结婚，把决定告诉母亲后，她就开始按老家的规矩为我准备结婚用品：龙凤呈祥的大红金丝缎面被，粉红色的鸳鸯戏水绣花枕套，春草般淡绿小花的床罩床单，双喜印底的搪瓷脸盆，大红的皂盒，玫瑰红的梳子……纺织类的物品一律缝上了红线，普通生活用品一律系上了红绳。做这一切的时候，她总是默默的。和别人说起我的婚事时，她也常常笑着，可是那笑容里隐隐交错着一种抑制不住的落寞和黯然。

童年和少年的我是懵懂的，开始有些懂事就已经在外面上学了，没有时间和母亲在一起好好地待一待。父亲去世很早，兄弟姊妹又各处一方，很长一段时间里，家里只有母亲和奶奶，两位老人都很孤独。毕业之后，我的工作分配到了家乡，在家里住的时间越来越多，才开始以从未有过的亲密贴近来享受母亲的温暖。但仿佛这样的时光才过去几天，就又到了出嫁离开的时刻。不过作为一个成人的女子，这似乎也是一种自然的选择。于是，我一边难过一边想，无非是举行一个仪式罢了，结了婚我也还是母亲的女儿，只要和以往一样常回家看看、住住，和母亲多聊聊天，就什么都有了。

婚礼那天清早，我和女伴们在里间化妆试衣，母亲在外面接待着络绎不绝的亲友。透过房门的缝隙，我偶尔会看见她在人群中穿梭着，分发着糖果和瓜子。她脸上的神情是平静的、安宁的，也显示着喜事应有的笑容。我略略地放了心。

随着乐曲的响起和鞭炮的骤鸣，迎亲的花车到了。男方略坐了坐，就开始举行仪式。按照我们当地的风俗，嫁娘要在堂屋里一张铺着红布的椅子上坐一坐，吃上几个饺子，才能出门。我坐在那张红布椅上，端着饺子，一眼便看见母亲站在人群后面，她的目光并不看我，可我知道这目光背后还有一双眼睛，全神贯注地凝聚在我的身上。我把饺子放进口里，和着泪水咽了下去，有亲戚絮絮地叮嘱："别噎着。"

到了辞拜高堂的时候了，亲戚们找来母亲和奶奶，让她们坐在两张太师椅上，我和林站在她们面前。周围的人都沉默着——我发现往往都是这样，在男方拜高堂时是喧嚷的、热闹的，而在女方就会很寂静，很安宁。而这仅仅是因为，男方是拜，女方是辞拜。

“姑娘长大成人了，走时给老人行个礼吧。”一位亲戚说。

我们鞠下躬去，在低头的一瞬间，我看见了母亲的脚。她穿着家常的蓝黑格子布鞋，蓝袜子，鞋面上还落了一些瓜子皮的碎末儿。这一刻，她的双脚似乎在微微地颤抖着，似乎有一种什么巨大的东西压在她的身上，让她坐也不能坐稳。

我们转身出门。我没有看见母亲的脸，我想母亲也没有看见我的。但是，我们都知道对方的泪。

后来，又参加过几次女伴们的婚礼，发现每个女伴在这一刻都会落泪，而新郎都是在平静中流溢着掩饰不住的喜悦。于是我便在很长时间里以为结婚对男方来说是一件丝毫没有伤感的事，直到在弟弟的婚礼上才知道自己错了。弟弟和新娘在向母亲和奶奶鞠躬时，我落了泪，也真切地看见了弟弟和母亲的泪。我忽然明白：无论是男方还是女方，无论是娶妇还是嫁女，父母和孩子心情里那种风霜与沧桑在这高潮时节的蓦然涌动，都是共同的。从此，父母知道，自己一直执手相挽、吵打宠溺的孩子，真的长大了。他们要和青春如玉的伴侣开始崭新一轮的家庭历程。而自己却老了，会在时间表上离自己最心疼的宝贝越来越远。儿女也知道，虽然还可以经常回家看看，但必定会越来越少地享受到独身时与父母之间那种单纯明朗的天伦情愫，也会越来越多地在不经意间看到他们鬓边又萌生出的雪一样的白发。

树枝从树干上悄悄地岔开，无声无息。一切仿佛都如同从前，然而再也不会回到从前。仪式只是个仪式，然而仪式也绝不仅仅只是个仪式。.很多时候，仪式就是分水岭，仪式就是标志牌，仪式就是一个苍凉的手势，让我们和亲爱的人渐别渐远。

从此，每当看到绚丽的新娘花车，我都不再为它外表的繁华和欢悦所迷惑。我知道飘逸洁白的婚纱皱褶里有不被人看到的点点泪痕，那些泪痕宛如一粒粒圆润的珍珠，由父母的蚌壳与孩子的蚌壳在慢慢分离的伤痛中育出，也永远戴在彼此的心上。

留一些给自己

天落急雨，行人莫不大步云飞地奔走。匆忙中我蹊跷地看见：一位母亲骑自行车带着孩子，孩子穿着一件偌大的鲜黄色雨衣，而母亲的衣服却浸在雨中，头发和脸都已经湿淋淋的了。

“喂，你穿上雨衣，让孩子钻到你后背不就得了？”赶过她时，我忍不住还是多了句嘴。其实这常识性的做法她一定晓得的，我多言的内因也有些是源于好奇。

“儿子喜欢看雨，钻到我后面就看不到雨了。”母亲说，“再说这样孩子的腿也可以保护得更严一些。”

“那你自己呢？”

“顾着孩子呢，哪还顾得了自己？”

为了顾着孩子就不需要顾自己了吗？自己感冒了不一样会连累孩子吗？面对这样大公无私的母亲，我真的很疑惑。换了我，我不会这么做。如果餐桌上有四块虾饼，我会叮嘱儿子至少给我留一块。其实我不爱吃虾饼，只是想让他学会心里藏着他人。这个他人，当然应该包括母亲。一个连母亲都会忽视的孩子，我不敢设想他还会对其他人有什么爱心。适当的时候，我要求孩子给我洗脚和洗脸，尽管他把我的衣服都弄湿了。这当然是一种爱的交融和特别的游戏享受，但更重要的，我是想让他开始意识到自己的那份责任。也因此，我要他帮我去买菜，帮我记家里的流水账。生病的时候，我要他为我拿药；困倦的时候，我要他叫我起床……他只有五岁。

我是一个懒妈妈，也是一个笨妈妈，是个可以照顾他，同时也需要他照顾的人。我就是这么想让孩子认为的。和那些孩子不吃酸就绝对不买醋的母亲相比，和那些辞掉工作陪孩子读书的母亲相比，和那些孩子上了大学依然还为孩子洗头发叠被的母亲相比，我承认，也许我是一个自私的母亲。但是，我宁愿留一些自私给自己。

孩子一岁半的时候，我获得了一个去北京进修的机会。大家都说："孩子还小，不能离开妈妈。"但我说："机会很少，我不想丢掉机会。"顶着种种压力，我终于离开孩子去了。一年之中我回家十次，劳累之状可以推断，但我不后悔。后来有朋友半开玩笑地说我心狠，我郑重地请教她："在母亲眼里，孩子永远是孩子，孩子永远也长不大。只要我活着，他永远都有理由需要我，那我是不是一辈子都不要再出去？是不是一辈子都不要离开他？"

朋友沉默。在她的沉默中我听到了答案：确实有许多母亲——尤其是上一辈传统型的母亲都是这样选择的。她们的选择，我尊重，但不认同。难道做了母亲就必定意味着牺牲吗？我去进修，短期来看确实少给孩子做了许多饭，少洗了许多衣服，少讲了许多故事。但如果这能换取我某个重要阶段的上升和进步，让孩子长大后能从我这里汲取更多的精神上的营养和积累，那么这种久远的回馈，难道不是更有意义吗?

“孩子，我这一切都是为了你！”我为说这些话的母亲遗憾，遗憾她们狭隘的付出，也遗憾孩子贫乏的得到。在这个人文关怀越来越深沉和细致的时代，我如此怀疑：为了孩子而把自己淹没的母亲就一定是好母亲？我不相信：连自己都没有的母亲，会是一个健康的、完全的母亲。我甚至有些残酷地觉得：那些为了孩子而把自己的一切才华和奋斗都无条件放弃的母亲，其实才是最不称职的母亲。

留一些余地给自己，就是留一角蓝天给孩子。

留一些种子给自己，就是留一方花园给孩子。

留一些梦想给自己，就是留一双翅膀给孩子。

“先要有你自己，先为了你自己，先做好你自己，这才是对孩子最好的教育，你也才能真正有资格成为孩子人生路上的第一个榜样。”一位教育学家对母亲们如是说。而我想说的是：一个乳汁不足的母亲，她的孩子也一定是瘦弱的——无论是物质上的乳汁，还是精神上的乳汁。

生命常常是如此之美

每天下午，接过孩子之后，我都要带着他在街上溜达一圈，这是我们俩都很喜欢的习惯。闲走的时候，看着闲景，说着闲话，我就觉得这是上帝对我劳作一天的最好奖赏。

每次我们走到文华路口，我就会停下来，和一个卖小菜的妇人聊上几句，这是我们散步的必有内容。这个妇人脸色黑红，发辫粗长，衣着俗艳，但是十分干净。她的小菜种类繁多，且价廉物美，所以常常是供不应求。我常在她这里买菜，所以彼此都相熟，因此每次路过，无论买不买菜，都要停下和她寒暄。客户多的时候，也帮她装装包，收收钱。她会细细地告诉我，今天哪几样菜卖得好，卤肉用了几个时辰，西蓝花是从哪个菜市上买的，海带丝和豆腐卷怎样才能切得纤纤如发，而香菇又得哪几样料配着才会又好吃又好看。听着她絮絮的温语，我就会感到一波波隐隐的暖流在心底盘旋，仿佛这样对我说话的，是我由来已久的一个亲人。而孩子每次远远地看见她，就会喊："娘娘！"这种叫法，是我们地方上对年龄长于自己母亲的女人的昵称。

那位妇人的笑容，如深秋的土地，自然而醇厚。

一天夜里，我徒步去剧院看戏，散场时天落了小雨，便叫了一辆三轮车。那个车夫是个年近五十的白衣汉子，身材微胖。走到一半路程的时候，我忽然想起附近住着一位朋友，我已经很久没见到她了，很想上去聊聊，便让车夫停车，给他结账。

"还没到呢。"他提醒说，大约以为我是个外乡人吧。

"我临时想到这里看一位朋友。"我说。

"时间长吗？我等你。"他说，"雨天不好叫车。"

"不用。"我说。其实雨天三轮车的生意往往比较好，我怎么能耽误他挣钱呢？

然而，半个小时后，我从朋友的住处出来，却发现他果真在等我。他的白衣在雨雾中如一盏蒙蒙的云朵。

那天，我要付给他双倍的车费，他却执意不肯。"反正拉别人也是拉，你这是桩拿稳了的生意，还省得我四处跑呢。"他笑道。我看见雨珠落在他的头发上，如凝结成团的点点月光。

负责投送我所在的居民区邮件的邮递员是个很帅气的男孩子，看起来只有二十岁左右，染着头发，戴着项链，时髦得似乎让人不放心，其实他工作得很勤谨。每天下午三点多，他会准时来到这里，把邮件放在各家的邮箱里之后，再响亮地喊一声："报纸到了！"

"干吗还要这么喊一声呢？是单位要求的吗？"一次，我问。

他摇摇头，笑了："喊一声，要是家里有人就可以听到，就能最及时地读到报纸和信件了。”

后来，每次他喊过之后，只要我在家，我就会闻声而出，把邮件拿走。其实我并不是急于看，而是不想辜负他的这声喊。要知道，每家每户喊下去，他一天得喊上五六百声呢。

他年轻的声音，如同铜钟与翠竹合鸣的回响。

生活中还有许多这样的人，都能给我以这种难忘的感受。满面尘灰的清洁工，打着扇子赶蚊蝇的水果小贩，双手油腻腻的修自行车师傅……只要看到他们，一种无缘由的亲切感就会漾遍全身。我不知道他们的姓名和来历，但我真的不觉得他们与我毫不相干。他们的笑容让我愉快，他们的忧愁让我挂怀，他们的宁静让我沉默，他们的匆忙让我不安。我明白我的存在对于他们是无足轻重的，但是他们对我的意义却截然不同。我知道我就生活在他们日复一日的操劳和奔波之间，生活在他们一行一行的泪水和汗水之间，生活在他们千丝万缕的悲伤和欢颜之间，生活在他们青石一样的足迹和海浪一样的呼吸之间。

这些尘土一样卑微的人，他们的身影出没在我的视线里，他们的精神沉淀在我的心灵里。他们常常让我感觉到这个平凡的世界其实是那么可爱，这个散淡的世界其实是那么默契，而看起来如草芥一样的生命籽种，其实是那么坚忍和美丽。

我靠他们的滋养而活，他们却对自己的施予一无所知。他们因不知而越加质朴，我因所知而更觉幸福。

原阳秋

一

香菜，芫荽；芫荽，香菜……这两个名字，她掂量过几次，末了还是觉得香菜更好。虽然它听起来很像一个小名，而芫荽更像一个典雅专业的官称。细细比较，在河南这个地界儿，叫芫荽的人似乎也比叫香菜的人多得多。可在这个问题上，她意志坚定地把自己归进了少数派。听听，香，菜。不由分说气势逼人地就把香字占了去，肯定是觉得自己的香是了不得的、独一份的香吧。这股子傲娇劲儿，啧啧。

傲娇的东西都免不了矫情。名字和味道都很傲娇的香菜真到成了菜的时候，就显出了矫情。乍一看似乎挺低调，因它从不做主菜，只是一道配菜。只是凉菜的底边儿，热菜的俏尖儿，煲汤时也是最后一道花色儿。可是再细品，这低调不是真低调，有没有它，菜的品相还真是不太一样。该有它的时候没有它，菜也不是不能吃，可到底就短了些微的精气神儿。要说它是画龙点睛似的菜，似乎是抬举了它——怎么也算不得眼珠子那么宝贝。要是把它比喻成女孩子妆容上的那道眼线还蛮合适，有了眼线，眼睛就更有光彩了不是？不过眼线可是得小心伺候着，一不留神就会花妆呢。

二

早餐是面包牛奶，午餐孩子在学校吃，他们两口子都在单位吃工作餐，到了晚餐，矫情的香菜就该上场了，每一顿都离不了。不仅是她，孩子老公也都喜欢吃，香菜就成了她厨房里的日常，免不了要见天去市场上买。可是能碰到好香菜却不大容易。好香菜要水嫩嫩的，一点儿不能干。机灵灵的，一点儿不能蔫儿。也不能长得太大，一大就显得粗糙。当然也不能太小，毛茸茸的也不像个样子。要不大不小的，就像十岁左右的漂亮小女孩……唉，这好香菜，怎么说着说着都像是个小萝莉呢。

天长日久地买着就知道了：菜市场卖的就是不行。说到底，菜是要上秤的，这就得要分量，要规模，压秤才能赚钱嘛。因此十有八九见到的都是大香菜。勤喷着水，倒也不蔫儿，只是大秆子大叶，粗糙是一定的。样子糙，香味也跟着糙起来，就没有了那股子幽幽之气，仔细闻去，还有隐隐的大棚塑料的味道，让人顿时少了几分兴致。偶尔也能碰到小萝莉般的香菜，免不了要多买一些。可是香菜的矫情劲儿又显摆了出来：一放两三天，蔫样子就出来了，黄叶子也越来越多，就得摘掉。摘着摘着就得扔掉一大半。冤枉了钱倒是其次，只是觉得这么不容易碰到了好东西还得眼看着它被糟践，总让她有些小小的沮丧。

为了香菜，她没少发愁。说来好笑，为香菜发愁，也不算是个正经事。说都不好意思去说的。

三

那天，她在小区闲逛。太阳暖暖的，是秋天好脾气时才会有的太阳。还刮着温和的风，像是老天爷好脾气时才会有的鼻息。逛着逛着，她就闻到了香菜味儿。这香菜味儿是很随意的，随意里却有着一种浓郁，是香菜特有的那种傲娇的浓郁。她的直觉来了：好香菜。于是她小心翼翼地循着这味道，轻手轻脚地跟踪着，生怕跟丢了似的慢慢踱着步，走了不多一会儿，眼前果然就出现了一盆香菜。

香菜种在一个废弃的花盆里，两尺见方，应该是种盆景的盆吧。小区的角落里，时不时会看到这样的盆，里面的花草盆景没养好，半死不活的，主家看了堵心，就把它们废弃掉，扔了出来。在角落里待上两三天，也就不见了，多半是保洁工拉走，擦洗清理一番，再转卖给花卉市场。都那么忙，谁会再捡去种点儿什么呢。

这盆里的香菜刚刚长出了俏模样。半尺高，婷婷袅袅，细碎的叶子嫩嫩地擎着，一副不知世事的样子，正是一簇簇小萝莉。若是不冲着它的香味，乍看还有点儿像铜钱草呢。她蹲下来，摸了摸它们的绿叶子，又摸了摸盆里的土。那土有点儿粘手的润。

真是一盆好香菜。

她犹豫了一下，真想掐两棵。犹豫了一会儿，总是不敢。左看右看，还是不敢。怎么办呢？到底没有做过贼啊。不过再转念一想：掐两棵香菜就是贼了？法律也不会这么定罪吧。而且要真是运气不好碰到了主家，也不是没有回旋的余地。就不能装个傻问问：你这种的是啥？我想移一点儿种一种行不？不信他还能把她按住打一顿？

终于还是掐了。回家配了紫菜和虾米，吃了一顿虾肉馄饨。味道好极了。

四

有一次就有两次，有两次就有三次，越掐她越觉出了这香菜的好。是萝莉的分寸自不必说，现掐现吃的新鲜劲儿也着实让人惦记。量也不用再想，一天一两根就足够用……怎么着都该来掐的。

原来做贼也是能上瘾的事呢。

头几次掐的时候她都是东张西望，颇有贼形。掐着掐着，就成了有阅历的惯偷，也便自然了起来。掐的时候便不再看人，下手稳准，得手便走。掐得的香菜便放在随手的塑料袋里，或者是衣服口袋里。一路从容到家，开了门第一件事便是将那一两根香菜放在餐桌上，然后兀自嘿嘿地笑起来，愉悦得很。

也是奇怪，她从秋天掐到冬天，又从冬天掐到春天，掐了一次又一次，居然一次也没有碰见过那个主家。掐着掐着，香菜还又多出了一盆。两盆香菜摆在那里，俨然一副“野手掐不尽，春风吹又生”的样子。

掐着掐着，她偶尔会忘了这香菜是别人的，就觉得这是自己种的似的。

有一天，她在厨房忙着，腾不出手，便喊儿子去掐。这事她在餐桌上给儿子和丈夫都说过几次，带着点儿小得意。

“我不去偷。”儿子断然地拒绝。

“怎么叫偷？”她恼了。

“可不是偷？”丈夫也帮腔。

“人家知道不？不知道就是偷。”儿子言之凿凿，“哪怕没人发现，偷就是偷。”

“我倒想告诉人家，可找不着人，我怎么告诉？”她气得要撂勺子。

“你找了没？诚心找能找不着？”小家伙要把她给噎死了。

五

偌大的小区，看着楼挨楼，进去出来的人也不少，可是真要找香菜主，还真是毫无头绪。她又寻思了起来。怎么找这个人呢？贴个启事：寻找香菜主人？这点儿酸溜溜的文艺做派，也太可笑了吧？还很迂傻。整天蹲在盆边守株待兔？她可耗不起那个工夫。要是人家三天浇一次水，她难不成还要蹲三天？

还是算了吧。

这香菜的主人是个什么人呢？没事的时候，她也胡乱寻思。多半应该是个女人吧，男人哪有闲心种菜呢，还种香菜。可是再想想，也保不准儿。要是有跟着儿女来这里住的退休老头儿呢，没事儿干，也喜欢种个菜什么的。要真是个老头儿就好了，好歹是个大老爷们儿，即使有一天把她抓了现行，也不好意思跟她多较真儿，笑笑也就过去啦。要是碰到个老太太呢？老太太多半是难缠的，她又该怎么脱身？

再一想，也没什么不好脱身的。大不了赔礼道歉，再大不了给她点儿钱，还能怎么样呢？

给钱？——她的心一动。要不，把钱放在香菜盆里？这倒是不错的法子，不亏不欠的。几根香菜能值多少？再不用担着小偷的赖名。就是将来真碰到了主人家，她也理直气壮地有了说辞：给钱了呀。

钱的问题，更有意思了。她仔仔细细地琢磨了好几天，终于定了几条小主意：一、每次只给一块钱。一块钱该够掐一个星期的香菜吧。一天一根，一星期也就六七根，这一块钱，可以。二、必须是硬币。不然要是风吹走了呢？要是香菜主人浇水把钱给泡烂了呢？三、钱的位置最微妙。放在上面，闪闪亮的，被不相干的人拿走怎么办？放得太深，放在香菜丛里，又怕主人看不见。好歹也是一块钱呢。

六

那天晚上，她掐过了香菜，就把一块钱埋在了盆里。那枚硬币半深半浅的，露了一点点儿头，有点儿扎眼，不注意的话也很容易忽略过去。这就对了，不是主家，谁会注意这盆香菜呢？

嗯，就这样吧。

第二天她上班的时候特意路过，看了一眼，亮闪闪的，硬币还在。

第三天，还在。

第五天，钱没有了。

主家看到了？收了吧？她想。

那就继续掐吧。

她掐得越发踏实了。

那一天，她又去掐香菜，刚刚直起身，就看到一个老太太在看着她。

她心里一紧，下意识地想把那根香菜往口袋里放，手都摸到了口袋，又停住了。都这个时候了，再藏着掖着有意思吗？典型的此地无银三百两呀。

不过是根香菜，又能怎么样呢？再说，她给过钱了呀。她这么安抚着自己，慢慢地朝着老太太走过去。

“你这香菜，是在这盆里掐的吧？”老太太口气很平静，却是一副押解罪犯指证现场的口气。

她站住，点点头，谄媚地笑笑，回头指指那个盆：“您种的？”

“嗯。”老太太的脸突然硬起来，“吃人家的菜，也不打个招呼啊？”

“找不着人。”

“找了没？”

“找了，”她忐忑着奋力往语气里注入着诚恳，“可也不能整天蹲在这里等吧，还是挨家挨户问？还要上班呢。特别忙。”

“就你特别忙？谁不忙？”

她有点儿心慌，果然是个难缠的老太太，这理怕是没办法讲了。

“其实，我放了钱的。”

“都是你放的？十二块。”

“对。”

老太太沉默了片刻，脸更硬了。

“我是卖菜的？”

“我不是那个意思。”

“不是钱的事儿。”

“对，对，”她忙不迭地跟着老太太的话茬儿，“不是钱的事儿。”

“我不缺那点儿钱。”

“知道，我知道。”她说，“您的劳动，很辛苦的。”

“辛苦倒也说不上。顺手的事，倒也累不着。”

两人都沉默了。

——这老太太，眼看活一辈子了，说话还这么强势。顶撞是不行的，拍她马屁也没用。到底该怎么好呢？她想走，可是就这么走，走得了吗？

只有熬着。

她有些后悔掐那些香菜了。那些诱惑她的小萝莉啊。

“好吃不？”老太太终于又开了口。

“好吃，好吃，真好吃。”

“籽儿好。”

“这香菜……还分种类啊？”

“嗯，白花，紫花，山东大叶……好几种呢。这是原阳秋。”

"原阳……离郑州不远。"

"嗯。"

她暗暗地松了口气。

"过两天，我也去买点儿种子，跟您学种香菜吧。"

"不是特别忙吗？"

无话可答，她朝着老太太笑，笑得有点儿无赖："那，以后我来浇水吧。"

"你知道啥时候浇？知道浇多少？"

她把笑收住，做了个鬼脸。

"你们年轻人，啥都不知道。"

她乖乖点头。

"就知道吃。"

她继续点头："真是很好吃呢。"

"自家种的，哪能不好吃？"老太太回身看了一眼楼群，"住几号楼？"

"三号楼一单元。"——又有点儿悬心，不会是去物业告她一下吧？虽然算不上是什么事儿，不过真要当个事儿去说，也挺丢人的。

她看着老太太的脸色，把手里那根香菜递了过去："还给您。"

"嗤，"老太太倒是一副气笑了的样子，"都掐下来了，还我干啥？我今儿吃不着。"

一阵小风吹来，暖暖的。她喜滋滋地笑着，任老太太抢白，知道这一关算是过去了。

"那，我走了？"她说。

“莫非还等我请吃饭？”

她吐吐舌头，从老太太身边走过。

“对了，”老太太叫住她，“以后别往盆里放钱了。”

“那，我给您送家里？您家是？”

“得了吧。”老太太一挥手，“我不要。”

“那，您的香菜，我以后还能吃不？”

“这人，我还甩不脱了。”老太太又笑了，“以后，吃你自己的。”

“哦。”

她有些落寞。说到底，老太太不想让她无止境地吃自己的香菜。这老太太，还是小气呢。——她打了一下自己的脸。呸，这念头起得没良心呢。人家的香菜你掐了这么久，也可以了吧？不能太贪婪不是？碗米养恩，斗米养仇。难不成人家的好香菜还养出了自己的小怨恨？

那几天，她再也没掐老太太的香菜，也没去市场上买。吃惯了好吃的，就不想再吃赖的。人的胃口就是这么娇气啊。她盘算着，恐怕还真得自己种呢。

七

一周后，她发现自己家的单元门口，出现了一个花盆。花盆里，种的也是香菜。她端详了好一会儿，这香菜和老太太盆里的一模一样，也是原阳秋呢。

Part 2 第二部分

文学就是这么一棵树。
我们很多人都是爱着树同时也被树爱着的那个孩子。
只要有了这种爱，无论我们走多远，
最终都会回到这棵树下。——我有归处，一想到这个，
我就觉得无比踏实和幸福。

六　年

岁末，一个杂志社的女孩子约我吃饭。这是一顿工作餐。我和她已经六年没见了。六年前，她约我在她的杂志上做一个专栏，当初谋划的时候吃了一顿饭。后来就只是邮件联系，虽然在一个城市，却再也没有见过。这个专栏一做就是六年。对于我来说，这是从未有过的事情。六年的漫长岁月早已经让我对这个专栏审美疲劳，我屡屡推辞，却屡屡未遂。这次见面的由头，便是她要游说我继续做下去，而我的目的是游说她将我休掉。

走进约好的饭店，在预订的座位上，我看见一个珠圆玉润的少妇正在看菜单。我看了一眼她的轮廓，不是记忆中的那个女孩。转身欲走，听见她喊我的名字。我一边答应着一边斟酌着她的面貌：是她吗？真的是她？

“是我，不认识了？”她笑着报上自己的姓名。那一瞬间，我方才确认，真的是她。

坐下，点菜，吃饭。我们说着杂志社的事，说着稿子的事，渐渐地，饭局行将结束。事也已议定——我终于辞了这个专栏，她也无奈地表示同意。在等服务员上餐后水果的空当里，因为百无聊赖，我便没话找话，问她现在的生活情况如何。她说她的儿子已经两岁，家在市中心的一个很有名的小区。记得六年前那次吃饭，她说她刚结婚，在一个城中村租房子住。这么说她发展得还挺好。

“那个小区位置不错。房子多大？”

“一百六十平方米。”

“四室两厅？”我吃了一惊。

“嗯。”

“发财了吧？买了豪宅。”我笑，“房子太空会没有安全感的。”

“人多。都住满了。”

“怎么那么多人？”

“我和老公，两个孩子，还有婆婆。”

“你是少数民族吗？不然怎么能生两个？”

“是我老公前妻的女儿。”

我沉默片刻：“他前妻……”

“得癌症死的。”

“那，六年前……”我惶惑了。

“不是那个人。我的第一个丈夫，也死了。”

我说不出话来。她也沉默。但她的沉默很平静，看起来丝毫没有被我揭开伤疤的痛苦。于是我静了一会儿，继续问下去——既然已经揭开了，不继续揭下去似乎也是不对的：“他是怎么回事？”

“他喜欢喝酒。那天，他喝多了酒，去阳台抽烟，身体失控，就一头栽了下去。脑浆都摔出来了。”她依然平静地说着，吃着一片雪梨，“我那时候还怀着孩子，四个月了。后来就做掉了。”

我看着她。她看起来粉光脂艳，成熟丰美。我以为对于她来说，这六年是平静的六年，不是手机资料里那风起云涌的六年：2005年，连战访问北京；马英九当了国民党主席。2006年，农业税退出历史舞台；世界上海拔最高、线路最长、穿越冻土里程最长的高原铁路青藏铁路进入试运行，结束西藏不通铁路历史。2007年，“高音C之王”帕瓦罗蒂在意大利的摩德纳因病逝世；我国在西昌卫星发射中心用长征三号甲运载火箭将嫦娥一号卫星成功送入太空。2008年，四川汶川发生里氏8.0级特大地震，遇难和失踪八万多人；北京成功举办奥运会，中国拿了五十一块金牌。2009年，中央电视台新大楼发生火灾；3G正式登台亮相；罗京病逝；邓玉娇案；乌鲁木齐“七五”事件。2010年，王家岭发生透水事故；青海玉树地震，遇难两千多人；上海世博会，看一个沙特馆要排队九小时。2011年，日本大地震，福岛核电站核泄漏等级为最高的七级；无数中国人将超市里的盐抢购一空……

面前的这个小女人，我以为她的美，她的安恬，是岁月自然沉淀的结果，却没有想到她经历了这么多深渊般的历练：丧夫，流产，寡居，认识第二任丈夫，再生子，成为母亲兼后母，还和不知脾性如何的婆婆同住……走在大街上，谁看得出这个秋波无痕的漂亮少妇经历过这么多呢？真是应了泰戈尔的那句诗：天空中没有翅膀的痕迹，而鸟已经飞过。

当然，我早就明白这个道理，但是，当活生生的例子一次又一次摆在我的眼前时，我还是忍不住要震惊。如同亲爱的朋友心脏病突发差点儿死去，办公室同事的孩子得了自闭症，一个同学在开车时因不期而至的癫痫而翻车致残……那些传说中的不幸，似乎十分遥远，其实就潜伏在我们的身边，随时都可能朝我们举枪射击。我们无处躲避，防不胜防。也因此啊，每当走在熙熙攘攘的大街上，看着一张张似乎平静甚至冷漠的面孔，我都会止不住自己的好奇：在他们的身上，究竟发生过什么？正在发生什么？还将发生什么？

没有人知道命运将会对他们进行怎样的安排。我当然也不知道。我知道的只是，我心里充满了对他们的心疼。心疼。

告别的时候，她再次对我请求，让我考虑将专栏再次做下去。我知道她此时已经不抱希望，只是客气。但我改变了主意，同意了。她喜出望外，没有问为什么。我也没有做别的解释。我知道自己不必对她解释，我自己明白就行了——人生是如此不易。需要我们忍耐，再忍耐。相比于其他的忍耐，如果说不能再继续忍耐一个并不怎么费力且能赚可观稿费的专栏，那实在是有些矫情。

爱比恋更冷

《爱比恋更冷》，这是《安娜·卡列尼娜》电影版的一个名字，我一下子就喜欢上了。托尔斯泰的这部名著让许多女明星为安娜这个角色发痒。我手里这个版本的主演是苏菲·玛索。苏菲·玛索也是我喜欢的。但看完之后才发现，这部片子并不令我满意。原本是满汉全席的原料，放到餐桌上的却是一道水果拼盘。或许始终最能让我动容的，也还只是《爱比恋更冷》这个别名和苏菲·玛索的眼睛而已。

当然，这是可以原谅的。一篇普通的小说被改编成影视作品尚且会面目全非，何况容量如此丰富的名著。虽然损耗得如若天壤，但总算视觉上还有些营养。于是，一路看下去，便是这样一则市民艳情故事：邂逅，示爱，男方狂热追求，女方犹疑不定。然后碰撞，燃烧，怀了羞耻的孕，对内必须面对家庭，对外必须面对舆论。——最可怕的是，爱情的源头在不知不觉间已经变得浑浊。相爱的人在经历了最亲密的阶段之后，开始有间，开始了彼此的疏离和伤害：他去剧院陪母亲看戏，作为地下情人的她不能忍受独自在家的孤单。一个女人向他飞洒媚眼，名不正言不顺的她遏制不住自己的疑猜。而他也开始对她的痛苦无谓，对她的脆弱轻慢。她使小性，说后天必须去乡间旅居，他说他后天要见母亲，她说他明天可以去，他说他明天要去见律师。她固执己见。他说：我的忍耐是有限的。他说：你到底想怎样？他说她：你简直不可理喻！说完之后，他离开。安娜照着镜中的自己，容颜憔悴。她正被爱厌弃，自己也厌弃自己。内忧加上外患，她就走进了崩溃和疯狂。

这也就是爱了吧。虽然没有正式结婚。到了一定阶段，爱比恋，确实更冷。冷，是冷淡，冷峻，冷清，冷落。不处理好这些冷，就是冷漠，冷峭，冷凝，冷死。

每个正常的男女，都要恋爱。恋和爱，终究是如此不同。恋是浅，爱是深；恋是晶莹剔透，爱是色彩斑斓；恋是风花雪月，没有那么多尘世的牵绊，爱是柴米油盐，多的是凡俗的纠葛。恋的时候，油珠是琥珀。女人要买红色康乃馨，男人就决不说买黄色。男人要买方形热水器，女人再喜欢圆的，也会靠在男人肩上说方的有个性。结婚之后，原形毕露。琥珀渐渐软化成油珠，谁都想把对方不顺眼的地方擦干净，谁都想用自己壶里的水替对方洗澡。于是，越洗越疼，越洗越不能忍受，直至赤膊相向，头破血流。

爱，真的比恋更冷，也更需要冷。因为恋可以是一个轻盈的过场戏，爱却是一折接一折的正剧。一场正剧要唱到幕落，没有掌握节奏的冷静理性，是一定会把嗓子烧坏的。

爱比恋更冷。所以，爱是艰难的。因为爱注定要泡在最具体的生活中，与无数琐碎的细节泥沙俱下。而在这泥沙中胜利淘出的，才是真正的金子。——依然如同洗澡，只是这澡是冷水浴。经过了冷水浴的爱，才会拥有真正值得信任的健康和恒久。

碧玉簪

下午无事，打开电视瞄了一眼，在戏曲频道，看见一个青衣女子正在围着一个男人转圈儿，手里拎着一件衣服，犹犹豫豫，痛苦不堪。甚是好奇，便看了下去。后来才知这是越剧《碧玉簪》。到这里已经是半场了。前面的情节是这样的：大家闺秀李秀英貌美德贤，嫁与书生王玉林。因之前有人求婚不成，顿生歹意，便买通媒婆，在李秀英与王玉林成婚之日，将李的首饰碧玉簪窃走，并以李的口气伪造出一封情书，将碧玉簪和情书掷在洞房门口，故意使王看到。这阴谋可谓简单拙劣，四处漏水，王却中计，于是对李秀英不理不睬，竭尽精神虐待之能事。盖衣事件便是其中之一。

盖衣是因为不上床睡，不上床睡是因为排斥新娘子，排斥新娘子是因为那封书证和物证已经使他以为新娘早已经是旧娘。他的逻辑充分，所以虐待起来便分外气壮。从大范围来看，王虽然也是不知情的受害者，但他毕竟比李多知晓一些事实，所以他就在被蒙骗的前提下拥有了心理强势。这样，两个人就有了戏。一个糊涂，所以一直在揣摩缘由；一个明白，于是就等着对方知趣自辞。我有些奇怪，他不说理，虽然他的理很直。其实遇到这种事情，对古代男子来说应当是奇耻大辱，很难冷静对待，但这个文章道德的书生却为什么会相对忍耐？难道只是因为做戏空间的需要吗？后来才有些琢磨明白：这种选择在生活中也有凭可寻。不说不是因为不想说，而是因为李的父亲是朝内高官，不到万不得已的时候，他也不想和这位高官发生直接冲突——他毕竟也是待考的举子。另外就是爱面子，传出新娘婚前有私情对新娘固然不好，但对他这位刚穿红袍便戴绿帽的新郎来说，也不是什么光彩之事。所以，只有让新娘自己反省，自觉退出。

在这场斗争中，李秀英无疑是最痛苦的。她由天堂直落深渊，还不知道黑匣子在哪儿。王玉林的行为不断地把她推向绝望，而她也是因为家族颜面和私人情感——与婆婆的关系——一次次忍耐。甚至当她新婚之后回娘家探亲，按习俗本可以在娘家住一晚，王玉林却刁难让她必须当天赶回时，她也在母亲的泪水和责问中回去了。“如果我今天晚上病死了，你也一定要回去吗？”母亲的话语如同刀扎在她的心上，但她还是没有答应留下。母亲感到了女儿的不幸，为下文的风波做了铺垫。在盖衣一节，李秀英的心情做得最足：又怕冻着丈夫在婆婆面前不好交代，又想他对自己如此冷酷自然不应为他的健康服务，又内疚自己小心眼会辜负了娘家母亲的教诲。最终，敬业的精神占了上风，披衣成功。不料，王冤家醒后十分不领情，反而说她用女人衣服盖自己是给自己造晦气，会让自己皇榜不中，真是欲加之罪，何患无辞。于是二人打闹，惊动婆婆。之后亲家母来探女，王玉林称之“伯母”，连一个敷衍的岳母称呼都不肯给她，矛盾明朗并且迅速升温。李秀英怕自己被遣归会伤了娘家声誉，不肯答应跟母回去，李母归家后立马修书给远在京城的丈夫，说自己病重，让他速速归来。“早来一步还得见，晚来一步阴阳间。”于是李高官星夜赶路，回到家中，知道事情的原委，“李家珍珠做了王家草”，便前来王家问罪。王玉林此时方拿出书证和物证，李父大怒，不但打女，且欲杀女，后来又对笔迹，忆前情，审查媒婆，全部真相方才水落石出。李秀英洗清了委屈，此时便坚决不留在王家了。王玉林便发奋研读，获得功名，捧着凤冠霞帔来请李秀英，并且恳请双方父母轮番做她的思想工作，临了自己也没逃过一跪，才算结局团圆。虽然那跪不过是蜻蜓点水，但“态度决定一切”。如是焉。

整出戏里，我最喜欢的人物是那个婆婆。她对生活充满了宽容的理解和真诚的热爱。儿子新婚，她便幻想自己会很快抱上孙子或孙女，如果是孙子，就抱到上街头，让人家夸自己的孙子白白胖胖。如果是孙女，就抱到下街头，让人家夸自己的孙女花花朵朵。必定“先开花后结果”——归根结底还是最想抱孙子。在能言善辩的同时她也很真诚，让人信服。看到儿媳受辱，她打心眼儿里同情，却对自己的儿子一点儿办法也没有。亲家母亲家公每次来都给她脸色，她也战战兢兢，生怕得罪了他们，但最终还是得罪了。后来儿子又以做和尚逼迫、撒娇让她为自己说情，当儿媳表示可以当女儿一样侍奉她却不能原谅她的儿子时，她感叹：“乖媳妇啊我的肉，心肝肉，宝贝肉，阿林是我的手心肉，你是我的手背肉，手心手背都是肉，阿娘舍不得两块肉。”又说儿子是现世报，又说媳妇可以做诰命，是好福气，非常市民化却又非常亲切地表明了自己混沌而又坚决的立场。

王玉林在迂滞的同时有着非常诡秘的心机。他的证据一直迟迟不亮出，一方面是想让李秀英知难而退，为自己留余地，另一方面也是要用最有力的证据对付最有力的人，以便一下子把岳父打倒。他果然差点儿得逞。对质李父和李母时，我倒有些欣赏他的个性：得意扬扬，无所畏惧，率真而单纯。当然，对付李秀英时他是最残酷的，但他固然可恨，李父又有什么可原谅的呢？当看到女儿不贞的那些证据时，他不一样打骂了女儿，甚至还要杀她吗？此时他和王玉林一样，都只是男人而已。李父李母高位相压，以权取理，直到最后快速判案似乎也还是沾了权力之光。试想如果是平民的女儿，只怕早就冤死一百次了。王玉林也是在科考及第之后才觉得有颜面去迎妇回家，不过李秀英对凤冠霞帔倒表现出了可贵的气节：“你是那大富大贵的大状元，自去找那美貌美色的美婵娟。”直到最后接了凤冠霞帔也不过是勉强说道：“暂且收下。”矜持得很。她的自尊到此时方才完全爆发，而骄狂的王玉林此时的柔软小意方才让这个人物有些可爱起来。

一根小小的碧玉簪，不过是一件首饰。它挑动的，有阴恶的嫉妒，有混杂的爱情，有未遂的灾难，有摇摆的妥协，有冷硬的暗礁，有糊涂的幸福……有太多人生的真相，不可言说，不能言说。

罗斯哈尔德

我喜欢德国作家黑塞，喜欢《荒原狼》，喜欢《悉达多》，喜欢《玻璃球游戏》。他的作品，我读一部喜欢一部。我的喜欢跟他获诺贝尔文学奖没什么关系，我的喜欢是一种复杂的交织。有钦羡：他怎么能写成这样？！有惊叹：原来可以写成这样？！也有嫉妒甚或是妄想：其实，我或许，也有可能写成这样呢。

最近读的是他的《罗斯哈尔德》，一个小长篇。也喜欢。

罗斯哈尔德是小说中一个庄园的名字，画家维古拉特的家。维古拉特声名显赫，画价高昂，才华与财富丰盛并存。但他的家庭生活却甚不如意。其实看起来似乎也没有什么太大的问题。某种程度上简直可以说是妻贤子慧，偶尔还会其乐融融。但是，那个既古老又新鲜的问题来了：夫妻之间在心灵意义上不可深交，当然也没有激情。这让维古拉特的家庭生活变得黯淡苦涩。小儿子皮埃尔是他和妻子唯一的共同光亮，但这光亮本身也是发电不稳摇摇晃晃，并不能在本质上解决他和妻子的问题，甚至为了争夺皮埃尔，他和她的关系变得更为沉郁、隔阂和怨艾。

我知道，对很多人尤其是已婚男人来说，维古拉特面临的这种情状应该是无伤大雅。或者离婚再娶，或者就这么凑合下去，反正谁都不可能在漫长的婚姻中得到长久不变的鲜甜——这几乎就是缘木求鱼。但维古拉特就是傻，就是不会敷衍。于是这个本可以化重为轻的问题，在维古拉特这里却成了坚决不能忍受的重大。他不依不饶地要去解决。然而，对于他这样被艺术统领的人来说，解决的过程本身又是多么的困境重重啊！

“我已经习惯了静坐、工作，一想到法庭和律师，想到要打乱一切日常生活习惯，我就感到害怕。如果我能找到新的爱情，可能会更容易做出决定。但事实表明，我的本性竟比自己预期的更难以适应变化。我悲哀而羡慕地爱着那些俊秀的少女，但这种爱不是深爱，我越来越意识到，我无法像爱绘画那样投入地爱上任何一个人。那种爱要求人热烈，忘我，所有的愿望和期慕都以爱为方向，事实上，这几年没有一个人走进我的生活，无论是女人还是朋友。”

父母给了他一条命，艺术又给了他一条命。父母给的命是生命，艺术给的命是宿命。生命和宿命，都不能选择。这就是命中注定。

“如果一定要解释我为什么是艺术家，为什么要画满整幅画布？我会回答：我画画，是因为我没有可以摇摆的尾巴。……猫、狗以及其他一些有灵性的动物都长着尾巴，之所以长尾巴，不仅仅因为它们有思想、感觉和痛苦，尾巴能卷成无数种曲线，能为每一种情绪、每一次内心的震颤、生活感受的每一丝微妙波动赋予一种奇妙而完美的语言。我们没有这样的语言，然而我们之中那些生命力更强劲的人却需要它，因此他们才发明了画笔、钢琴和小提琴……”

作为一个画家，他珍爱并沉迷于自己的艺术生命——他生命中的生命。但作为一具凡胎肉身，他却越来越无法去享受和追求普通人更容易拥有的所谓幸福。如同略萨的那个著名的比喻：艺术像绦虫，吞噬了他生命里最为精华的能力和热情。于是这种本来是最能爱的人，在具体的生活中，渐渐失去了爱的能力。“不幸福就是一种耻辱。”小说中的维古拉特如是说。于是他将耻辱深藏，拒绝向别人敞开自己的生活，将无法言明的痛苦和热爱，更疯狂地投入到艺术世界中去。

他似乎没有错。妻子似乎也没有错。孩子当然更没有错。呵，大家都没有错。但是肯定是有某个地方错了。究竟是哪里错了呢？我不知道。如果一定要我说，我想，也许是这样的：红没有错，紫没有错，红和紫配在了一起，这就有了错。正如，他没有错，她也没有错，他和她组成了一个家，这就有了错。还是黑塞说得更好啊：“这本书讲述的是一个失败的婚姻，但它并非基于一种错误的选择，而是基于一个深层的问题：一位艺术家或思想家、一个男人，他不仅凭着天性去生活，而且想要尽可能客观地观察和表现他的生活，这样的一个人是否能够结婚？”

这样的一个人是否能够结婚？

当然能。但是，通常他也注定没有太好的运气会在世俗的情感模式中获得那种一劳永逸的温馨祥和。艺术和艺术家的本性决定了，他必须去尽力挣脱与艺术自由和艺术疯狂势不两立的那些藩篱桎梏，他必须去尽力和平庸的生活进行不懈抗争，然后，在抗争中，他会收获艺术世界里奇异神秘的璀璨珠宝，再然后，让这些珠宝的光芒默默地陪伴着自己的孤独灵魂。

这是代价。爱自己，爱艺术的必然代价。

这样的艺术家有很多很多，维古拉特只是他们的代表。正如罗斯哈尔德所意味的庄园在这个世界上也有很多，它们坐落在千千万万个维古拉特的躯体之内，不同的只是地段、面积、外观和房产证上的名字而已。

四月雪

这是一部韩国电影的名字，这部电影还有一个和《四月雪》同样富有寓意的名字，叫《外出》。

影片的内容并不复杂：一双婚外情男女在背着各自的伴侣外出度假时发生了车祸，皆受重伤。女人陷入了重度昏迷，男人成了植物人。男人的妻子和女人的丈夫闻讯赶来处理事故，照顾病人。最初同在警局取物，是惺惺相惜的同情和自然而然的友好。后来两人分别从配偶的手机里发现了端倪，再然后，妻子从相机里发现的录像更让事情不证自明，确凿无误。两人同步坠入了痛苦、愤怒、沮丧和绝望。女人在丈夫病床前喃喃自语："你怎么可以这样？"男人在妻子面前平静地诅咒："你还不如死了好呢。"

但面对着病床上的人，本质的善良和法定的责任让他们压抑着羞辱和怨恨，继续履行着身为配偶的义务。同是天涯沦落人的心理，在医院和旅馆频频接触的诸多细节，让这两个人越走越近。他们既厌恶又好奇地交换两个出轨者的手机短信，他们共同去吊唁车祸中丧生的死者家属，在对方脆弱悲伤的时候，作为最感同身受的人，他们互相安慰，温暖，直至相爱——真是既奇怪又合理的机缘。那两个躺在病床上，这两个照顾完他们之后回旅馆进行情爱，因为配偶都违约在先，他们便也都好得那么心安理得——这种心安理得里，也有隐隐的报复的快感吧？不过，男人岳父的一次突然造访还是让他们的这种心安理得打了个大大的趔趄。虽然有惊无险，但那一刻，紧张、愧疚和难堪的感觉还是让他们与那一对出轨者抵达了瞬间的连通——背叛了他们的丈夫和妻子，他们曾骂他们是奸夫淫妇，他们的落难无疑都是罪有应得。但现在，他们也成了这样的一对——不，他和她之间绝不是等式一样的心理平衡，报复的因素更可微小不计。他们就是爱情，就是两颗心之间的吸引、靠近、拥抱和融合。他们不得不承认：漫漫人生路上，绝不仅仅是一团爱情之光在吸引我们。在情爱的领域，我们每个人都有可能让自己的心灵外出——外出的程度或大或小，外出的方式或明或暗，外出的时间或长或短，外出的距离或远或近，但外出的本质并不丑恶，并不肮脏。抛却传统道德的衡量，这只是人之常情，顺理成章。

他们开始真正地理解和原谅各自的配偶，也在这复杂的情境里更疼惜对方……电影的最后，女人的丈夫死去，而男人的妻子醒了，她一直在等待丈夫质问自己，但丈夫只是照顾她，别的什么也不说，什么也不问，始终沉默。终于，她忍不住了，对丈夫说：“谢谢你。”丈夫问：“为什么谢？”妻子说：“为了一切。”

是的，为了一切：宽容、原谅、理解、承受、仁慈、爱情……为了这一切，一切都不能那么简单，那么粗暴。只要设身处地地站在更多方更宽广的立场上，我们就会最大限度地明悟和悲悯这个世界上的许多事情，甚至包括那些仅就个人角度来看根本不能理解的东西——只要你站在人性最深最宽的立场上，真的没有什么不可能。

有一个情节是呼应《四月雪》这个片名的。两人散步聊天时，女人说自己喜欢春天，也喜欢雪。男人说："那就只好让老天下四月雪吧。"女人失笑，说："不可能。"——剧终时，正是四月，天空飘飘扬扬地下起了雪。皑皑冰雪映衬着已经盛开了的鲜花，呈现出一种奇异的美。

阳光照耀之地

这部老电影还有另外一个名字《郎心如铁》。一个“郎”字，马上就把自己摆到了“妾”的位置，哀怨的口气，尤有不舍和依恋，甚至还有一些些的欣赏和赞同，似乎是在说：这真是个狠心的男人啊。不过，在这个情形下又能让他怎么样呢？也只有狠下心才更像一个男人啊。——真是一个奇怪的名字，传达的是一种畸形的受虐狂的心理。而《阳光照耀之地》则俨然一派光明正大的伦理片的神情，是要审判犯人的样子。

那就让我们来审判吧。

一个偶然的机会，贫穷的乡下青年乔治·伊斯曼在旅馆邂逅了让他的姓氏荣耀某个城市的同宗叔叔——我们姑且称之为大伊斯曼，叔叔提携他，说会给他机会。他便来到了城里，想要在这里谋得一个不同于乡下的前程。说是前程，其实目标是很节俭的，不过是想找到一份工作。影片的开始，是乔治在公路上拦车，一辆又一辆车过去，没有人给他停下。他回首看着广告牌上的美女。然后，有车了，是一辆破旧的卡车——这真是一个富有意味的开始，充满了象征。乔治的神情是愚蠢的——贫穷的人往往显得愚蠢，因为没有机会，一有机会就紧紧抓住，因而显得愚蠢。

在叔叔家等待职位安排的时候，他碰到了让他心醉神迷的社交明星安琪拉。安琪拉由年轻时的伊丽莎白·泰勒主演，那时的她居然颇有几分青春时的赫本之风：蜂腰翘臀，眉目生辉，真是绝色。当然安琪拉对他是没有时间看一眼的。他在堂兄漫不经心的指派下到叔叔的家族企业开始了工作。原以为会获得一个很好的职位，没想到堂兄让他到了书籍包装车间，从最一般的流水线工人开始做起。而且在他上岗之前郑重警告他：你姓伊斯曼，所以要特别注意自己的一言一行，尤其不许和企业里的女工乱搞。这是需要特别注意的一点。可见堂兄曾经目睹了多少类似的故事，也可见这个故事有多么老套，或者说有代表性。

但青春的寂寞不是靠清规戒律就能够约束的。他很快和在同一流水线工作的女工艾丽丝恋爱了。两人一起看电影，偷偷约会。艾丽丝显然对乔治的未来有一定的预见，在乔治心灰意冷的时候，她让他有信心，说因为他的姓氏，他目前的状况不过是一种过渡而已。说这话的时候，她全然没有想到自己，自己也会是乔治的一种过渡。女人有时候就是这么出奇地天真，总以为自己是个例外。两人就这么好了，乔治的梦中情人是安琪拉，但因为安琪拉是如此遥远，艾丽丝是如此切近，他当然不会舍近求远。虽说男人们一般都是有野心的，可奇怪的是他们常常也是这么实际，只吃唾手可得的萝卜白菜，对隔几张餐桌的山珍海味也就是满足于看看而已。

正如艾丽丝所言，伊斯曼的姓让乔治的命运不久就做了改变，大伊斯曼去视察工厂，发现乔治工作得如此努力，地位却如此低微时顿感自己的疏忽，于是乔治被调了职位，并被允许偶尔出入伊斯曼家进行社交，他得以重逢安琪拉。安琪拉对他有了兴致，因乔治和她认识的那些纨绔子弟都不一样。他沉重、腼腆、忧郁、内敛，而她呢，则是典型的比较健康的千金小姐的脾性：明朗、调皮、好奇、任性。她喜欢上了他，他被这好运击中，一时间简直都不知道该怎么办好了。他的慌张和局促在她的眼里统统变成了质朴和纯真，她对他越发有了好感。两人拥抱起舞的时候，他们两个满脸的神情都是在做梦，却是不一样的梦。乔治的梦是沉醉在天堂的缥缈，安琪拉的梦却是脚落大地的踏实。而在那间廉价的出租房里，艾丽丝等他已经等得入了梦，她给他精心准备了生日蛋糕，他却连个电话都没有打给她。她等了三个小时他才匆匆赶到，她直言不讳地问他："你是否不想再见我了？你已经开始往上爬了？"这几乎说中了他的心病，他心虚地去抱住她。他还是那么稚嫩，不敢用道义的眼睛内窥自己，只好抱住了这个已将身心付给自己的女孩。我想此时他心中一定是懊悔的，他想刚入厂时堂兄的警告真是对啊，真是不能和企业里的女工乱搞啊，搞着搞着就把自己的生活搞得一团糟了。

美梦继续，安琪拉开始约他。他当然义无反顾地答应，或者是视死如归地答应。可不是视死如归吗？两人参加派对，碰到伊斯曼家族的堂兄堂妹，他们开始热情地和他打招呼——借助安琪拉的力量，他才在这个富豪家族中得以被真正地尊重。这是一种综合的力量，乔治肯定也明确地感受和意识到了，但出于自尊自爱或者自恋，到了乔治心中，这种被尊重的虚荣只能被他演绎成爱情。这浑浊的爱情激流到了安琪拉那里也只能解读为爱情，即使泥沙俱下，爱情也终归是爱情。何况像安琪拉这样的得宠惯了的女子，对这种爱情的成分素来是不善于也不必要认真分析的。两人互相倾吐心声，几乎一拍即合，便到了热恋之中。坠入深渊的艾丽丝则雪上加霜，她怀孕了。她告诉了乔治，乔治说不能要这个孩子。艾丽丝坚持要结婚，没有钱也要结婚，丢了工作也要结婚。乔治面对艾丽丝的坚决便委顿下来，他同意了。当然也是暂时的妥协。广播里一则关于湖边经常发生的意外让他灵机一动，起了朦胧的杀机。故事由此开始进入了高潮。

九月度假，安琪拉约他去湖边玩，去她家别墅的湖边，他们骑马，游泳，开游艇……安琪拉告诉他：这个湖的另一端是一些沉船，还有一些老人。在黄昏时分还曾经淹死过人，因不知道原因，只找到了女孩子的尸体，男孩子很可能逃匿了。这湖，在这一端是天堂，另一端却是地狱。乔治的心又是一动。艾丽丝在报上看到了他和安琪拉一起游玩的新闻，大为嫉妒和愤怒，她来到火车站给乔治打电话，说如果他不回来她就去找他。他只好回去，边回去边下定了决心：他已经决定让她死。他一点儿都没有想到：她死在他的手上是更糟糕的现实。他杀死她等于杀死了自己。他只怀着侥幸，想解决眼前的困境，也就是中国俗语所说的：钻过脑袋不管屁股。从这一点上来讲，他还有着一种稚拙的天真。

在火车站，艾丽丝逼迫他同意结婚，他只好同意。去登记的路是如此压抑，几乎像是走向刑场。幸好登记处的门紧闭着，工作人员也在度假。乔治长出一口气：又争取了一些时间。他几乎觉得这是上帝赐予的一天，让他有机会逃离艾丽丝的婚姻坟墓。他建议她：我们去湖边游玩——为了庆贺所谓的结婚。租船的时候，他签了假名。划船的时候，她因为即将结婚的兴奋而喋喋不休，畅想未来，但是这对乔治来说是多么滑稽啊。他一言不发。我惊愕于艾丽丝的迟钝：一个即将结婚的男人面对未婚妻却如此长时间阴郁地沉默，很明显不是一个好的兆头。一颗很亮的星星在天空划过，艾丽丝连忙许愿，并问乔治许的什么愿。乔治终于按捺不住，让她闭嘴。她也终于面对了现实，说道："你许的愿就是不想再见到我，是吧？"

接着就是不成功的简直可以说是糟糕至极的谈判，激动的艾丽丝朝乔治走过来，船失去了平衡，翻了。乔治逃命，如他所愿，艾丽丝死去。但不是以最理想的方式。她毕竟是和他在一起的时候死去的。如果她单独一个人死去，那就再好不过了。这个艾丽丝，就是不能让他痛痛快快。

艾丽丝的死暂时地结束了乔治的小麻烦，但乔治的大麻烦也正式拉开了帷幕。在和安琪拉的约会中，安琪拉因超速被警察追车，他低着头在一边心惊胆战。她察觉到了他的异常，他却不能实言相告，于是两人便说着东西耳朵南北听的情话：

你怎么了？

我累了。

对，你一定累了。

亲爱的，我们不要离开这个地方。

别让我父亲惹你生气。我才是最重要的。

是的，就是你，只有你……

安琪拉沉默，他继续喃喃自语：人们会说我的事，那会让你停止爱我。不是我的错。不要讨厌我，安琪拉……

丢掉了灵魂的平安，他在她面前再也没有笑靥，爱情的甜蜜更似毒酒。"就是你。只有你。"我反复念着这两句简短的话。这大约也可以作为乔治的一种恨语吧？如果安琪拉没有出现，他的人生肯定不是这个样子的。

被捕那一幕让我最感心酸。他把安琪拉送回家，听到后面警笛响，知道是来抓自己的，就连忙跑进了森林，可他又能跑到哪里去呢？这真是让他绝望的延迟。警察追捕到森林，他乖乖地束手就范。他急切地说："不要送我到那里去，不要送我到那里去。"老于世故的警长和蔼地说："当然，孩子，我没打算那么做。"

"不要送我到那里去……"我久久念叨着这句话。他为什么要说这么一句？在他刚刚踏出的豪宅之内，安琪拉的俊男靓女的朋友们正在和他亲密地笑闹喧哗，但他转瞬间就要以罪犯的身份告别这一切，他是受不了这个吗？还是受不了安琪拉吃惊晕倒珠泪涟涟？或者，他更受不了的是自己？

我想，如果是我，我受不了的只是自己。

法庭所有的一切对他都很不利：艾丽丝的房东，火车站的邮递员，租船者，假签名……他的律师面对强大的人证物证竭力申辩，最有力的话也不过是："想法和做法之间往往有很大差别。如果你们认为这个孩子仅仅只是想过，可是没做，那他就该像你我一样自由地走出这个法庭。没有一个证人知道发生了什么事，只有一个人知道真相，那就是乔治。”于是乔治上台陈述，他的陈述亦很诚实。他说：“我的潜意识想把她杀死，可我办不到。我无法违背我的良心。”我相信这是他的真话。从某种角度上看，他甚至因为没有亲自动手杀她而有一种既坦诚又懵懂的神情。潜意识想杀人又不犯法！他维护了自己的底线：没有亲自动手。这让他在道德上可以蒙蔽自己。这个逻辑确实也有着一定的道德之轨，道德之轨和法律之轨也确实常常交错而过。

但在乔治这里，因为强大的人证物证，这两条轨道无可置疑地合二为一了。乔治终于被判了一级杀人罪。听到判决的乔治绝望而委屈。我也觉得他是有些委屈的，可是，怎么说呢？也并不是太委屈。

在死囚牢里，他的妈妈和牧师前来看他，这个在教会工作的冷静至极的女人对自己的儿子说：“死亡不应该是你害怕的事，你应该害怕的是你灵魂的审判。罪恶在你的灵魂里，你一定要和上帝达成协议。”乔治茫然而冥顽地说：“我不相信我有罪。”——这话让他真正有罪了。有罪可以理解，人人都可能有罪。但不知道自己有罪，这就是更深的罪，这就是真正的有罪了。从这个意义上讲，《郎心如铁》这个名字也还是贴切的，乔治的心真是一块钝锈至极绝难通透的硬铁啊。

于是旁边的牧师用更怜悯的语态说：“只有神跟自己才知道罪恶在哪里，这次，大概只有神知道。”

“我也想知道。”乔治的神情迷茫极了。

于是牧师说："乔治，有一件事你没向任何人说过，在你的故事里，有一个地方可能代表着答案。"

"什么？"

"船翻之后你还可以救她。"

"我想救她，可是我办不到。"

"你那时想的是谁？"

乔治沉默。

"是不是在想另一个女孩？"

乔治依然沉默。

"你的心已经杀人了。"

是的，他的手无罪，但他的心有罪。最科学的录像也许能证明他的无罪，但最朴素的推理铁定了他的有罪。这里没有科学的录像，只有人心的推理。录像与推理之间肯定有误差，但这误差用在乔治身上是如此之小，足以忽略不计。——本质上，他没有被委屈。横平竖直的法律在这里给柔软无款的道德做了一次阴错阳差的匡正和弥补。

影片以乔治走向行刑室路上的镜头结束。当然，影片外的头绪仍旧是繁花盛开。我忽然想，难道我们真的就都站在阳光照耀之地吗？难道我们真的都有资格对乔治进行审判吗？不由得想起《圣经》里的故事：没有一个人有资格向有罪的淫妇投石。哪个人不曾起过恶念？如果我们每个人内心的污浊、诡计、背叛、恶毒都拿出来晾晒，那么正如耶稣所言：人人都是罪人，都和乔治的身份一样。如果我们每个人想做而未做的事都得判罪的话，我们每个人都应该进监狱。难道就因为他的隐私被呈在了阳光下，我们就有权对他进行得意扬扬、挥斥方道的审判？我们和乔治的处境唯一不同的就是：他有人证和物证来证明他的有罪，而我们内心的罪，除了我们自己和上帝之外，没人知道。甚至，如果我们和乔治一样，连自己都不自省自悟自思自改，那就只有让上帝来知道和判决了。

阳光照耀之地，万物似乎历历可见。

但阳光照耀不到的地方呢？是真的郎心如铁啊。

后来才知道这部荣获多项奥斯卡大奖的老片子改编自德莱赛的小说《美国悲剧》，怪不得。也有些后悔自己写了这么多，其实看看德莱赛的小说更好。不过又想，或许和我一样没看过原著的人多着呢，那就只当写了篇剧本缩写吧。好在还有些自己的东西，不全是啰唆的废话。

文学就是这么一棵树

一个男孩一生下来，一棵树就爱上了他。男孩常来和树玩耍，他用树叶编织头冠，在树枝之间荡秋千，或是采摘树上的果子吃。玩累了，他就在树荫下休息。他很高兴，树也很高兴。

但是，随着孩子渐渐长大，他不怎么来找树玩了。有一天，他路过树下，树喊他："孩子，来玩啊，来和我玩啊。"

男孩说："我不能再玩了。我要去挣钱。你能给我钱吗？"

树说："我没有钱。我只有果子，你把果子采去卖钱吧。"

男孩就把果子采了下来，果然卖了钱。

又过了一段时间，男孩又从树下走过，树又喊他一起玩，男孩说："我不能玩，我要成家立业，盖屋取暖。你能帮我盖个屋吗？"

树说："你可以把我的树枝砍下来盖个屋。"

男孩砍下了很多树枝，果然盖了个屋。

又过了一段时间，男孩对树说想要造个船去远方旅行，树就让他把树干砍了，造成了船。

很久很久之后，男孩旅行回来了，又来到了树下。树轻轻地说：“孩子，我什么也不能给你了。我很抱歉。”

男孩也轻轻地说：“我什么也不要，只需要一个地方踏踏实实地坐一会儿，休息休息。我太累了。”

树笑了。树说：“孩子，来吧。我这个老树墩，正好能让你坐下来歇歇脚。”

忘记了在哪里读到的这个故事，但我一直记得这个故事。每当想到这个故事，我的心中都会涌起一种难以言喻的感动。这很像是在描述我和文学的关系。最初的最初，我是和文学在快乐游戏，慢慢地，稿费、版税、影视改编权和各种荣誉如同树的树叶、树干、树枝和果实，都变成改变我生活状态的实用生计。但最终，文学就是那个根扎大地的老树墩，能容我停下来，踏踏实实地坐一会儿——不，可以坐很久很久，随便多久。

在小说《最慢的是活着》中，有几句描述祖母的话用来描述文学对我的意义也尚贴切：

……哥哥们偶尔会靠着她的肩膀或是枕在她的腿上撒撒娇——她现在唯一的作用似乎只是无条件地供我们撒娇。多年之后，我才明白：能容纳你无条件撒娇的那个人，就是你生命里最重要的人。

文学就像是祖母的怀抱，没有比这样的怀抱更适宜撒娇的了。黑暗的，光明的，快乐的，悲伤的，委屈的，得意的，漂亮的，丑陋的，精致的，拙劣的——无须再用正反词来丰富这个句子了，反正无论是什么样的娇，都可以在她这里尽情地撒。如同我曾在一篇小说的创作谈中所言的那样：

……她有着能让我放毒，撒气，把心里带罂粟花色调的邪火和野性开出来的广袤空间。——这便是一种最珍贵的精神礼物。她是一个母亲。宽容的，伟大的母亲。在她的怀抱里，我最大限度地接近了赤裸，接近了诚实。

曾无数次听人哀叹文学的无用。说文学面对我们的当下生活，就像一个废了的皇帝面对后宫三千佳丽。这样的哀叹总让我无语。当下的生活是一个多么生机勃勃的彪悍青年啊，"更快，更高，更强"是通用的号令，如果我没有理解错的话，这所有的更快、更高和更强都仅仅是物质的。它们所构成的，是一个庞大而时尚的物质外壳。这种更快、更高和更强，不是文学的。永远也不会是文学的。文学，除了从几本销量羞涩的刊物里衍生出几部无关痛痒的影视作品，它还能有什么用呢？她就是一个在青年后面慢慢行走着的人，不要指望她对当下的生活有什么直接的立竿见影的影响——尤其是面对一个没有耐心的急吼吼的时代。她永远也影响不了股市、房价和菜金，她就那么慢慢地走着——不，她甚至不走，她就在原地站着。她像一棵树，慢慢向上生长和慢慢向下扎根的银杏树。因这慢，我们得以饱满和从容。因这慢，我们得以丰饶和深沉。因这慢，我们得以柔韧和慈悲。

文学就是这么一棵树。我们很多人都是爱着树同时也被树爱着的那个孩子。只要有了这种爱，无论我们走多远，最终都会回到这棵树下。——我有归处，一想到这个，我就觉得无比踏实和幸福。我知道，我不能也不敢指望更多了。对我来说，这就够了。难道不是吗？

Part 3
第三部分

每家门前，每个村庄，每条路旁，
树木的繁茂和家常，无处不在。

秋疙瘩

八月八日，立秋。八月九日，回豫北修武老家小住的儿子回来了。母子二人躺在床上闲话。我说昨天立秋，天马上就显得凉快了，早上上街就想穿长袖。他说：哪有那么快？完全是心理作用，其实还热得很呢。我说：肯定是凉快了，不然为什么叫立秋？老祖宗定下来了这个节气，一辈一辈传到现在，若是不准谁还会用它？过了这一天，那个秋气就来啦。信口至此，忽然想起老师讲过的立秋三候：“一候凉风至；二候白露生；三候寒蝉鸣。”真是一候更比一候凉啊。

“妈，你啃秋疙瘩了没有？”忽然，儿子问。

“什么秋疙瘩？”

“饺子嘛。说是立秋的时候要吃的。我奶奶说了，也叫啃秋。”

啃秋，我当然是听说过的。有的地方也叫“咬秋”。总的意思就是要在立秋这一天吃些西瓜来应景，以欢送炎夏，迎来金秋。清朝张焘的《津门杂记·岁时风俗》中就有这样的记载：“立秋之时食瓜，曰咬秋，可免腹泻。”据说可以不生秋痱子。无论如何，都是要吃的意思。有的地方叫“贴秋膘”，就是说立秋这一天要大吃肉，多储存些热量等待凉天到来。

啃秋疙瘩。还真没听过这个说法。

然而，既是一听，就无比喜欢了。秋疙瘩，真是有喜感。疙瘩，是瓷丁丁的，一团团的，结实的，丰盛的——疙瘩这个平素里听起来就让人不舒服的词，和秋用在一起，就像一个可爱的婴儿。试想一下，春疙瘩？这肯定是不行的。夏疙瘩？让人更加闷热。冬疙瘩？只能让人想到冰块。也只有和秋用在一起。因为只有秋是万物成熟的时候。成熟了，才会瓷丁丁，才会结实，才会真正地丰盛。而且，也只有饺子最配“秋疙瘩”。饺子里，什么都有：肉菜葱姜，各色作料，那种丰饶，那种喜悦……

“秋疙瘩”，这真是来自民间的活生生的气息啊。

而从孩子嘴里说出“秋疙瘩”这三个字，就更为可爱。曾国藩有一联：“养活一团春意思，撑起两根穷骨头。”朋友叶舟在某文中曾有无比曼妙的延展：“孩子就叫，春意思。”

春意思，秋疙瘩。绝配。

油泼面哲学

一

近日追剧《白鹿原》。陈忠实先生的原著沉雄厚重，自不必说。但再好的文学经典到了影视行当就被念歪也算是一种常态，尤其是这样史诗级的作品。毕竟影视是外在表达，且是多方力量合作，有其必然的艺术规律。所以想要既不失原著本味又有特别创新，难度可想而知。但这电视剧版的《白鹿原》居然做到了。凛然如山的白嘉轩，温良如水的仙草，无赖且蠢萌的鹿子霖……我只能边看边感叹：业界良心，不负众望啊。

——其实边看还边流口水，因为里面处处都是红光闪闪的油泼面，一看就恨不得下载到碗里。《白鹿原》剧组爆料幕后花絮时，很自豪地给出了一个数据，为了拍摄剧中吃面的场景，剧组准备了两千斤面粉，全剧大概做了五六千碗面。

第一集就有吃面的戏。来自仙草。白嘉轩把昏倒在雪地里的仙草救回家，仙草身体康复后做的第一件事就是给全家人做油泼面，有感恩的意思，也有展示手艺期待能留在白家终身有靠的意思，当然最重要的还是对白嘉轩的爱慕，所以这碗面是重头戏。镜头虽然切得飞快，依然可以看到每个步骤都扎实讲究。但见仙草摇曳着曼妙的身影和面，擀面，下面，泼油……

我的工作餐食单里，最常吃的就是油泼面。因为单位附近有家我很钟情的面馆，叫“班记油泼面”。我第一次路过这家店时正值饭点，就毫不犹豫地拐进去吃了一碗面。为什么？因为里面人多。对于陌生饭店的手艺水准，这几乎成了我判断的唯一法则，尤其是这种中低档消费的平民饭店。这样的饭店必须依靠人气才能生存，而必须价廉物美才能有人气。所以，选择这种饭店，总是错不了。

十五块钱一碗，这价格令点单毫无心理负担。顺便到卖凉菜的橱窗瞟了一眼，菜式很普通，这让我心里更有了谱，断定他家的油泼面一定好吃。菜式的普通其实赤裸裸地彰显了店主的自信：咱赚钱不靠菜，就靠面。这面就是顶梁柱！环顾近百平方米的店面，满眼全是客，没有包间。被安排了个座位坐下，和其他人拼了个四人台。四个人谁也不认识谁，也不聊天，只是看手机，等面。好吧，这更毫无悬念地证明了面的好——这么多人来这里，不为喝酒，不为吃菜，纯粹为的就是吃这碗面。

跑堂的小厮过来，每人面前放一个不锈钢小碗，先倒一碗面汤。这真是地道的吃面规矩，原汤化原食。原食还没来，就先来原汤垫垫底也挺不错。喝着面汤，看着伙计们端着面送，也不用托盘，只用手端，每个伙计都能托四碗面。是很大的不锈钢碗，如果是普通托盘恐怕只能放两碗，用大托盘呢，又得架着胳膊端，很占通道的地方——因为摆的台太密集，通道很窄。所以这样竟然是最科学的：两手各托一碗，胳膊往中间合拢着再托上两碗。那么热的面，不烫吗？还真不烫，因为喝着汤就知道，这不锈钢碗是双层的。

终于，面来了。宽宽的面在碗里，像一个嫩生生的女子。白色的面，绿色的菜，红色的辣椒面，一层淡淡的金色的油，看着就悦目。这面是要趁着热气赶快拌的，我就连忙拌。从底下往上拌啊，拌啊，把碗底埋着的深红色的肉丁拌上来，拌匀和——热腾腾的香气，喷涌而至。

那碗筋道柔韧的面，我吃了很久，足有半个小时。这么香的面，必须得慢慢吃。对了，我还加了点儿醋。这么香的面，必须得加点儿醋。还有一点很有意思，这面必须得吃两口就拌一拌，吃两口就拌一拌，你忍不住要去拌它，它越拌就越好看，越拌还越多。越拌你就越觉得，这么好的面，真就该这么吃哪。

二

炎炎暑热，蜗居在家。儿子高中毕业，即将出国留学，突然很伤感地预知到了漫长的西餐生涯马上开始，对中餐便格外留恋起来。作为河南小子，面也是他的挚爱。于是近日，每当我下厨房做面，他便很动感情地跟到厨房去看，顺便给我打打下手。

“今天吃啥？”

“油泼面。”

“以前没做过呀。”

“凡事总有第一次嘛。”

“怎么做？”

“不知道。”

“啊？”

“快上网查呀。”

外表镇定自若，内心窃笑不止。嗯，这就是本厨师的做派。当然也不是空手套白狼，我已备了最基本的食材：烩面片。在烩面馆遍地开花的大郑州，几乎每个超市的半成品食物柜台里都备有烩面片。它们被一片片地放在那里，用保鲜膜裹着。买回家，即下即食，方便得很，专业得很，也便宜得很，才五毛钱一片。

“辅料，娃娃菜，蒸鱼豉油，芝麻，豆苗，干辣椒面……”在网上查的资料，儿子开始一五一十地念，然后犹疑地看着我，“家里都有吧？”

“都没有。”

“那咋做？”

“有别的呀。”

没有娃娃菜，但有空心菜。没有蒸鱼豉油，但有花生油。没有豆苗，但昨天买的绿豆芽还剩下半份。至于辣椒面嘛，那不是有红辣椒吗，你来把它剁成面儿吧。

“妈妈，你不正规，不严谨。”已经确定了大学专业方向的理工男说。

“我就不正规，就不严谨。咋地？”

他无语了。

两个灶口同开，一个放水坐大锅准备煮面，一个灶口放上小锅，水开了之后焯豆芽。豆芽焯完，又把空心菜烫了一下，把这两样都得沥净水分。然后就是炒肉。把酱肉切成碎丁爆炒。我炒得很快，将它们在锅里翻了几下就装盘了，用了大约一分钟时间。

“也太快了吧。”

我便对他解释，因为酱肉本来就是熟的，且已经切成了碎丁，所以快炒就行。只是油要少放，因为待会儿还要用油再泼一次面，炒肉的油放太多，这面就腻了。为什么切成碎丁呢？因为越碎，食材和调料的接触面就越多，食材的美味也就越容易被激发。这下子你知道芹菜啊黄瓜啊葱段啊为啥都要斜着刀口切了吧。你以为是为了好看呀。

炒完肉，大锅的水也开了，往水里放一点儿盐，这样大滚起来不容易粘锅。然后开始扯面，下面。面下进锅，火力调小，总得煮个三两分钟吧。正好切葱花，把辣椒剁成面儿。做着这些零碎活儿，同时支使儿子去储藏室拿点儿大蒜。

“妈妈，我拿了两瓣蒜。”

我瞄了一眼，纠正他：“这不是两瓣蒜，这是两头蒜。这种整蒜的量词是头，知道了吧？”

“嗯。”

三

面煮好了。我又擅自加了一道工序：过水。热面容易粘在一起，过了水就不会了。有人喜欢过凉水，可是如果面太凉，油又太热，那情形我无法想象。保守起见，我过的是七八十度的热水。

然后是一层层地码料。先在碗底铺上肉丁，他的多，我的少。他正是馋的时候。肉丁上面是煮好的面，豆芽和空心菜已经拌在了面里，面上放辣椒面儿，再放一点点翠生生的香菜。

万事俱备，就等最后一道工序，泼油。

油当然得是热油。可是只把油烧热就行吗？当然不。油进了锅，要放花椒。要让花椒的香味进到油里，再把榨完了香味的花椒捞出去——过河拆桥，就是这个意思了。油热到冒了烟，关火。这时候可以泼了吗？当然不。油泼面，油泼面，最后这一泼是关键，岂止是关键？乃是关键中的关键。网上有行家提醒，热油直接泼上去，辣椒面儿会苦的。要稍微凉上几秒钟。好饭不怕晚。哪里急在这几秒呢？

泼完的一瞬间，油泼面特有的香味迎面而来。

“好吃吗？”

“真好吃，太好吃，最好吃。”

“不正规不严谨也很好吃的，知道了吧？”

“嗯。”

“真”“太”“最”这两个字用得好，让我的心情如喝蜜一样甜。当然我很清楚地感受到了他表情的虚浮和语气的夸张，可是我泰然受用。谁让我是他妈妈呢，妈妈做的面嘛，必须是这种待遇，必须得到至高赞美，毋庸置疑。

吃得满头大汗，过瘾。

饭后聊天，又和儿子谈起了正规严谨的话题。我说我放心的是你的正规严谨，不放心的是你太正规严谨。正规严谨在学问和工作中当然都是可以的，但是生活中的很多事就不能，得根据情况学会适当地变通，否则就是古板迂腐。《论语》中有言，“深则厉，浅则揭”，水浅的时候撩衣过河，水深的时候再撩衣裳有啥用？干脆穿着过吧，就是这个意思。所以油泼面完全可以因势就形地来做。如果嘴巴正上火，就可以不放辣椒面儿，如果没有肉，也可以配素卤。不喜欢绿豆芽就可以放黄豆芽或者不放什么豆芽，你不是喜欢金针菇吗，就放金针菇好了。

“那就没个基本原则了？”

“基本原则当然有。咱还比如油泼面，基本原则就是油和面。你拿油去泼大米饭，那就不能叫油泼面吧。”

他欣慰地点头：“有基本原则就好。”

做完了这顿饭，我对油泼面信心满满。晚上吃货女友来电，我便对她大言不惭地炫耀，说从今以后，我这个主妇决定把油泼面作为自己面食系列里的招牌，这个坏家伙促狭道：“油泼面是你这个主妇的招牌……那我给你起个昵称吧。”

“好啊，啥？”

“泼妇。”

啊呸。

大　茶

现在，经常会收到山南海北的朋友赠送的各种各样的茶。普洱、铁观音、滇红、白毫、银针、龙井、冻顶乌龙，更不用说河南本土的信阳毛尖，乃至豫北老家的金银花茶、薄荷茶、冬凌草茶……其中有一种茶，是我生命里最早的茶，那就是武陟油茶。

小时候，我最大的娱乐活动就是赶集。赶集的最大一个目标就是一碗武陟油茶。一个古色古香的大铜壶，口小肚大，壶身用棉布一圈圈地紧紧裹束着，侧边伸出一个长长的龙形壶嘴。两毛钱一碗。喝茶的人来了，卖油茶的老汉便微微倾斜壶身，把油茶倒向备好的粗瓷蓝边碗里，一边倒一边悠悠地喊："一碗油茶喝得香——"如果食客是三三两两或者成群结队厮跟来的，他就会连着喊："两碗油茶喝得香——""三碗油茶喝得香——"有一次，我手里的零花钱阔绰了一些，有了三毛钱，就要了一碗半。倒那半碗的时候，老汉接了那一毛钱，却给我续了满满一碗，边倒边喊："两碗油茶喝得香，闺女能吃长得胖——”

油茶名茶，其实按现在的标准来看，并不是茶。说不是茶，名头却到底是茶。只是这茶的味道实在是够丰富够厚重：主料是小磨香油炒熟的面粉，又含有些许淀粉、花生、芝麻、核桃、怀山药。作料里又有茴香、花椒、肉桂、丁香、砂仁等多种香料。制作过程我没有见过，据说是先把面粉蒸一下，芝麻炒熟，花生炸好做成花生碎，核桃仁也碾成小颗粒，然后再放上作料一起炒制，要炒上三次才能做成香喷喷的油茶面。茶面既成，用开水冲拌或者在锅内像粥一样煮熟皆可。

说到底，这油茶的本质就是粥，类似于南方的黑芝麻糊或者藕粉。南甜北咸。到了北方就成了因地制宜的咸粥。对于这油茶，武陟坊间有着如此传说：《天仙配》的男主角董永是武陟人，即油茶的创始人。西汉末年，王莽篡位，刘秀被王莽追杀到武陟，在沁河滩遇到董永，董永智救刘秀，又请他吃饭，不巧七仙女回娘家了，董永厨艺生疏，就胡乱用所有的食材做了一锅咸粥给刘秀吃，这便是最初的油茶。刘秀饿极，食之顿觉得是绝顶美味，赐名油茶。后来每天必喝油茶，并做广告曰：“一天不喝心发慌，两天不喝没主张，三天不喝身子晃，不喝油茶没力量……”这广告实在是富有野意和妙趣，却也似乎当不得真。相比而言，如下这些官方定论就显得很是权威：油茶已经有两千多年的历史，秦时称甘缪膏汤，汉末称膏汤枳壳茶，唐代始称油茶，沿用至今。

不过，从坊间的传说里，我倒是坚定不移地确认了一点：油茶起源于战争。自古以来，中原逐鹿，兵祸频频，战乱无数。民以食为天。当民不能在家里的餐桌旁安静而食的时候又该如何呢？就只能把食做成干粮。这以炒面为主料的油茶就是最好的干粮。带上它，走到哪里都可以活命，都可以繁衍生息，薪火传承。

一碗油茶两千年。两千年来，这油茶顺着一代代人的喉咙，一直走进我的口腹，让我终于知道，这茶，是餐，是粥，是饭。所以这茶绝不同于那些青枝绿叶上采撷出来的叶片。

这茶，是大茶。

从这个意义上讲，油茶实在不必倚重于刘秀之类的皇帝为自己镀金，它是不是宫廷贡品也根本都无所谓。忽然觉得，老百姓就是那装油茶的大铜壶，这大铜壶，深不见底。而油茶一直都在这大铜壶里香喷喷地滚热着。只要有铜壶在，油茶就在。这比什么都根本，也比什么都重要。

关于月饼的几个词

打

八月十五月儿明呀
爷爷为我打月饼呀
月饼圆圆甜又香啊
一块月饼一片情啊
……

这首儿歌是我很小的时候听到的，迄今为止似乎也只听到过这么一首关于月饼的儿歌。第一次听我就有了疑问：为什么是打月饼呢？打月饼，月饼它不疼吗？

慢慢长大，这疑问也慢慢跟着长大：油饼是烙，煎饼是摊，这都是眼见为实的。月饼则是打，到底是怎么打的呢？

便有内行的朋友告诉我：过去做月饼很烦琐。要打馅，馅里有核桃，冰糖，这些都要打碎的。还要打皮儿。皮儿要打得很结实和筋道，需要用杠子打压。最后把准备齐整的面和馅料填到木模子里，蒸，蒸好的月饼因为热胀冷缩满满地卡在那里，要敲打半天才会出来。打，贯穿了月饼制作的整个过程。所以是打。

这说的显然是北方月饼。

木模子用的是什么木？

枣木。

为什么用枣木？

因为枣木不容易变形，还因为枣木吸油。蒸月饼要在模子里先刷油的。枣木模子吸油性好，等到打过了今年的月饼，很容易就能把它刷得干干净净，明年拿出来再用，像大理石一样，光滑润洁。绝不生虫。

打，这个动词用在这里可真好啊。那么有力量，那么有场面感，让我一听就心生欢喜。

——饮食行业里的很多动词都选得极其好，那次，我听一个名厨聊狮子头，简直是字字珠玑：“狮子头是道淮扬菜，看着简单，吃着也简单，做起来可不简单。我们行内不说做狮子头，叫摔狮子头。先把肥四瘦六的五花肉切成石榴籽大小，形状均匀，不粘不连，再加入南荠丁和蟹黄，加鸡蛋、粉芡、盐和胡椒等调味料，然后用筷子摔打成剂，再烧开高汤生氽，这样一道狮子头，没有两个钟头做不成。这样摔出来的狮子头也才醇厚不腻，酥嫩入口。有个老主顾，喜欢我做的狮子头，得了重病，临死前两天，医生说他想吃啥就吃啥，他就让人捎话给我，说想让我再给他摔个狮子头吃。我就给他摔了个狮子头。他这走得就圆满了。”

悲　伤

十六岁那年，我已经离家读书。那一年的中秋来得早，和国庆隔了几天，所以没有放假，全班同学得以在一起过节。不知道谁出的主意，最后决定到山上去过中秋之夜。山名凤凰山，与学校遥遥对望，山头满是小小的松柏。没事的时候，同学们就会去山上遛一圈，那是我们的小小乐园。

黄昏时分，我们整队出发，突然有人叫我，一看，是大哥来了。他手里提的东西，大约是月饼。他说他到市里办事，顺便来看看我。我连忙把他领到宿舍，到门口才发现没拿钥匙。大哥把月饼递给我就要回去，我送他下楼，看着他的背影，当着全班同学的面突然哭了起来。任谁都劝不住。有人感叹我们兄妹情深，却没有人知道，大哥的背影让我想起了去世不久的父亲。我的父亲，他再也看不到月亮了。任何月亮。

然后，我们来到了山上。在山顶的一处平坡，我们席地而坐。月亮渐渐地升了起来，有人唱歌，有人笑闹，而我始终沉默。山下是万家灯火，头顶是皎洁月色，我的心却空旷而忧伤。我第一次感觉到，原来这象征着团圆美满的佳节，居然有着如此刺骨的凄凉。

那年中秋的月饼，是我吃过的最悲伤的月饼。我一边吃，一边哭。哭得吃不下了，就停一会儿，然后接着吃。也许是因为泪水的缘故，那月饼不好吃。可是我舍不得扔掉。怎么能扔掉呢？

后来母亲和祖母先后离世，我的悲伤都再没有那么沉痛过——也许和幸福一样，连悲伤都是第一次最为刻骨铭心。随着年龄的增长，我们的感受力会获得某种程度的减弱甚至免疫。有时候，我们把它称之为坚强。

五仁

所有月饼的种类里，我最喜欢五仁。一盒月饼打开，最先寻找的就是五仁。

“五仁月饼是汉族传统糕点之一，属于广式月饼的一种，在中秋节各式月饼中最为著名。它具有配料考究、皮薄馅多、味美可口、不易破碎、便于携带等特点……边缘呈象牙色，底面棕红色；口味香甜，绵软带酥，有多种果仁香味。”

读着百度百科这样的介绍，口水都要流出来了。

莫名其妙地，这几年来，将近中秋的时候，网上都会兴起一股讨伐“五仁”的风潮，说什么“五仁月饼太难吃，不配存活在世上”，“恨一个人又不想得罪他，就送他五仁月饼难吃死他”。这后一条让我爆笑。如果有人因此而送我五仁月饼，我会想办法让他越来越恨我呢。

为什么会这么恨五仁呢？不能理解。在这件事上，我终于明白了人和人之间就是有一种不可沟通性。

——值得欣快的是，也并不缺少知音。

“五仁月饼为什么被人嫌弃？因为它普通却成本高，因为它传统没新意，因为它默默陪伴一代又一代的人们过或凄凉或团圆的中秋节。莲蓉可以用土豆和香精制作，豆沙可以用咖啡渣和香精制作……

各种水果月饼可以用坏掉的水果渣和香精制作，连黑芝麻月饼都不能保证是没染色的芝麻。只有五仁月饼，瓜子就是瓜子，花生就是花生，核桃就是核桃，冰糖就是冰糖，掰开看看怎么都造不了假。也许这就是五仁被讨厌的原因吧，现世不就这样？越实在，越被嫌弃。”

嗯，这个应答可以得满分。

酥　皮

除了五仁，便是酥皮。或者说，我最喜欢的是酥皮五仁。清人袁枚《随园食单》为它做过一枚硬广告：“酥皮月饼，以松仁、核桃仁、瓜子仁和冰糖、猪油作馅，食之不觉甜而香松柔腻，迥异寻常。”

酥，本身就是一个非常美好的词。酥脆，酥麻，酥软，酥松，酥甜，酥香……都是酥美。吃酥皮的时候，眼看着那些酥皮如雪花般落下来，落在桌子上、衣服上，我都会珍惜地捡起来，一点一点很有耐心地把它们吃掉，统统吃掉。这么吃的时候，我觉得自己非常丰足和富有。

曾在毕淑敏那里读到过一个酥皮月饼的故事：某村张老汉祖传打月饼的手艺，尤其是酥皮和自来红。酥皮就是酥皮，自来红嘛，就是冰糖加上红丝，比酥皮贵点硬点。张老汉从大年初一开始打月饼，却不急着卖，立秋之后才赶集，让月饼上市。因对于穷人们而言，月饼是很奢侈的零食，不到节下他们就不会买。尤其是八月十四，张老汉的月饼就卖到了高潮。这一年，因天灾，庄稼歉收，穷人更穷，张老汉的月饼没有卖完，回家的夜路上，又遇到了劫匪。张老汉颇有功夫，躲过了劫匪的袭击，并用防身利器反击：“只把匪人的眉棱处削掉一角，顿时鲜血封了他的眼。”

劫匪讨饶，同时求饼。原来打劫只是为了月饼，因他从没有尝过张老汉的月饼。张老汉就给了劫匪一块自来红。——重点来了。“此匪走了几步，又回转身来，道：‘爷爷只给了小的自来红，还没给酥皮呢。’张老汉叹了口气说：‘酥皮你已经吃过了。’匪徒说：‘爷爷一定是记错了。’张老汉说：‘哪里会记错！刚才打你，用的就是酥皮。要是换了自来红，你早就没命了。’”

打人用便宜的酥皮，送人则是贵的自来红。这故事讲得真是让人爱。当然我也爱极了故事里的张老汉。

沉

又是一年中秋在即，又到了吃月饼的时候。一晃已经吃了四十多年的月饼，已然人到中秋。在我之前，有多少人吃过多少月饼呢？南宋吴自牧《梦粱录》里有了“月饼”一词，明代的《西湖游览志会》对中秋赏月吃月饼有了记载：“八月十五日谓之中秋，民间以月饼相赠，取团圆之义。”而到清代，中秋吃月饼已成为民间风俗……如若把《春江花月夜》里的“江月”改为“月饼”，这几句就变成了这样：人生代代无穷已，月饼年年只相似。不知月饼待何人，但见长江送流水。

离中秋还有一个月，就已经开始收到月饼。好利来，稻香村，香雪儿，元祖，蛋黄，枣泥，火腿，鲜花……各种各样的牌子和品类从天南海北汇寄过来，大都是杂志社和出版社的心意。

不由得想起小时候的月饼。中秋节是个仅次于春节的大节日，要走一些重要的亲戚。月饼很贵，先供走亲戚用。没有什么精致的包装，不过是牛皮纸包好，最上面封上一块红纸，红纸上大多没字，讲究些的才有字。若是两个字便是“月饼”，若是四个字便是“中秋月饼”，更高级些的是红纸上还印图，不是“花好月圆”便是“嫦娥奔月”。我们便是拎着这样的月饼走亲戚，走完了亲戚也便到了八月十五，剩下的月饼才可以吃。它们已经变得硬邦邦的，但到底是月饼。一家人围着，每个人分半块。

奶奶经常只吃一点儿。

“不能多吃，沉。”她说。

沉，是形容词，也是动词。沉在胃里，不走。

那时候真是小啊，根本不怕“沉”，总怕没的吃，便吃了玩，玩了吃。还会很腹黑地藏起来一些，留着以后偷偷吃。

如今早不再藏了。琳琅满目的月饼被包装得新雅奇巧，每年都早早来吊我的胃口。因是中秋，因是月饼，总带着些和月有关的文艺范儿：“月是故乡明”“月光曲”“岁月静好”……然而，却再也吃不了多少月饼了。因知道了什么是“沉”。

——月饼本身沉于胃，月饼之外的东西，沉于心。

薄荷一样美好的事

那天，我给静打电话，照例先问她在哪里。

“我在地里！”她说，“我在地里摘薄荷！”她爽朗的口气真的如同农妇，“明天给你带一些。”

多年前，他们夫妇就在郊区租了一小块地，先生在地里养盆景，她则在树的空隙间种各种各样的时令蔬菜和农作物，茄子、黄瓜、西红柿、豆角、糯玉米、南瓜、大豆……还有薄荷。其中薄荷最多，也是最好养的。今年是孤零零的一株，明年就是绿茵茵的一片。摘回家后泡水喝，拌凉菜吃，都很好。“每天孩子带水杯上学，我就在她的杯子里放几片薄荷。”——在我们的城市里，居然还有这样的孩子，她书包侧袋的水杯里，居然泡着几片新鲜的翠绿的薄荷，一想到这里我就会感动莫名。

我也喜欢薄荷。小时候，家乡的小河边，常常一丛丛地生长着薄荷，手指未至，清凉已来。采一片噙在唇间，那种芬芳和凉麻久久不散。噙着噙着，就忍不住将那一团软碧吞了下去，直到晚间去睡，那种芬芳和凉麻还能沁人梦乡。

第二天，我赴静之约，去她的单位取薄荷。春天的阳光也如薄荷一样清新，而骑车时带起的风也如薄荷一样透爽，我忽然发现这是一件多么美好的事——我是去取薄荷。在这个芸芸众生都忙忙碌碌的早晨，在为名忙、为利忙、为生计忙、为欲望忙的熙熙攘攘的人流里，我的目标居然是一袋翠绿如玉的薄荷！

到静的单位，简单叙谈，取到薄荷。因为前两天下大雨，薄荷叶上布满了浅浅的泥点。静说她还给同事挖了几株带着泥根的薄荷回家栽种，因为同事受她的影响也喜欢上了薄荷……“我摘薄荷的时候很小心仔细。当然得这样，因为薄荷的生长程度不同，有的像小孩子还没长成人，那就不能乱采，只有已经成熟的，才能动它……”讲述着薄荷的她神采奕奕，我忽然发现这个浑身散发着薄荷香味的女子，是那么美丽。

郊外的那片租地，静每周去那里一次，开车半个小时。而我呢，骑车十五分钟来她这里取薄荷，为薄荷聊天半个小时。这不是大惊小怪的矫情，也不是故弄玄虚的小资，我们都是经历过一些事情的人，唯其如此，在这沧桑的人世，这些如薄荷一样美好的事，这些如薄荷一样清香简单的事，如音乐，如电影，如童年的山冈和少年的相思，都是我们的精神之肺。它的存在让我们的心柔软如棉，奔流如溪，灵澈如泉。也唯其如此，我才会因为薄荷——仅仅只因为薄荷，而觉得格外欢欣和幸福。

载着薄荷回家，如同载着一袋珠宝。可爱的薄荷，亲爱的薄荷，心爱的薄荷啊，此刻，我愿意赋予它一切激情的赞美。因它对我的珍贵悸动，如同爱情。

印江之印

印　瓦

这是第三次到贵州。第一次到贵州便喜欢上了乡下的瓦，很大，一片一片地覆在房上。贵州乡下的房子和中原的很不同，中原的房子起在平地，等闲摸不到屋顶。可贵州乡下山地居多，房子都是因势而起，且常临路边，站在路的高处，便可以摸到瓦。第二次去贵州的时候，在天龙屯堡附近，我便摸着某家屋顶的瓦照了几张照片，有一张传到了网上，有网友留言："三天不打，上房揭瓦。"

这次在印江的乡下，又看到了瓦。或者说是特别注意到了瓦。瓦就在那里，长眼睛的人都可以看到，可是特别注意到瓦，却该是有些缘由。我的缘由很简单：我是乡村的孩子，从小就熟悉它。

五间青砖灰瓦的房子，曾经是我们家最重要的不动产，它如一件巨大的粗布衣衫，给我们全家以最简陋的也是最坚实的温暖包裹。生活在瓦下，但平时感觉不到瓦的存在。只有下雨的时候，我在屋檐下玩耍，伸出双手，任落雨在掌心汇聚如歌，偶尔会听到母亲叹息：该揭瓦了。我便知道：房顶某个地方漏雨了。于是，天晴以后，父亲便会找来泥水匠上房，揭开某个部分的瓦，在瓦下搪上一些泥巴，再把那些瓦盖上去。雨再来的时候，便对我们的房子没有任何破绽可寻。

渐渐长大，到了调皮的年龄，有一次，曾悄悄顺着院墙爬到房顶，去采摘一棵已经长成的胖胖瓦松，被母亲发现后自然是一顿狠狠的呵斥：小女孩家家的，怎么那么野呢？！

但是感觉真的很好。那是我第一次登上了乡村的高处。

后来，有意无意地，我开始看房顶，也就是看瓦。

阳光落在瓦上，被一节节隔断，似乎也有了瓦的节律。也许只能用瓦本身来形容这种节律的奇妙：一瓦一瓦。瓦上的雨，顺着瓦垄流下，如细微的河流，湍急率性。瓦上的霜，如一袭轻俏的纱衣，美固然是美，但天一晴就被太阳收去了，宛如稍纵即逝的梦。雪的时间则要长得多。因落得高，没有脚能踩得到，它便以奢侈的晶莹堆积在那里，久久不化。即使化，也是先朝阳后背阴，一点点地化，化，化呀化，如一幅被谁神秘篡改的图。而瓦楞上的冰凌则是最诱人的。长长短短，粗粗细细，宽宽窄窄，透透亮亮……从它下面走过，我会很顺手地掰下一块噙在嘴里。这也就是我冬天的下午茶了——有天空的味道呢。

瓦上还有什么呢？梧桐的落叶，晒晾的干菜，对了，还有鸟。鸽子、麻雀、喜鹊、燕子……以及那些我不知道名字的鸟儿。瓦上是它们的广场。它们散步，休息，谈恋爱，窃窃私语。偶尔，它们的目光也会与我遥遥相对，相顾无语。

瓦上有多少美好的事物啊。

我在瓦下，生活了多年。后来，到了城市。乡村的印记在城市里自然很少，不过一旦出现也会非常触目。几年来，在郑州，我和朋友们相聚的最经常去的地点是东区一个叫“瓦库”的茶馆，这个茶馆的主题就是瓦。当然，里面最多的，就是瓦。青瓦、红瓦、灰瓦、大瓦、小瓦，一帧一帧的瓦窗，整面整面的瓦墙，我们位于的顶层，则有成片成片的瓦顶……不期然间，在任何一个角落里，你都会看到瓦的身影。它静静地待在那里，温和地沉默着。

茶馆里还有专门用来签名和题字的瓦，内容各种各样：活在瓦下；来看瓦吧；瓦蓝的心；红砖碧瓦……后来，我也题了一瓦。我写的是：我是一片瓦。

乡村是一方巨大的瓦库。我是一片出库的瓦。当然，尽管已经出库多年，但作为一片瓦，我从不曾忘记自己的来处，这来处在血液里，想忘也忘不掉。

中原的乡村，瓦已经越来越少。贵州的瓦呢？印江的瓦呢？还能留多久？我看到很多新盖的房子，都已经不再用瓦。我手中这瓦，必然的，也会越来越少吧？

我拿着那片瓦，拍了几张照片。相比于中原的瓦，印江的瓦要大一些，糙一些，拙一些。颜色上也更深邃一些，是黑灰色的。中原的瓦比它小巧精致一些，多是正灰色。

字典里，瓦的解释很简单：铺屋顶用的建筑材料，一般用泥土烧成。

印　纸

好歹也算一个写作的人，整天和纸打着交道。这两年又动了写大字的心思，虽然不曾开始写，却也攒了不少好纸。听说这次的行程里有一道“蔡伦古法造纸”，早早地便有了期待。蔡伦老师是造纸业的祖宗，这么多年过去，他的造纸术居然还在？当地的朋友介绍，大约明代洪武年间，蔡伦后代因躲避战乱从江西经湖南耒阳入贵州，落户于合水镇兴旺村，居住地名蔡家坳。风雨沧桑，薪火相传，已经六百多年。

很多传说是不可信的。但这个传说，我很愿意相信。

茅棚草舍，拱桥清溪。最原始的造纸地就在眼前，而且让我惊讶的是，那些不知岁月的窑、石碓、水车……现在都还在用。仿佛永远不会坏。本地的朋友说，这种古老的造纸术和这些设施得以保留，是因为托了这里闭塞落后的福。要是在四通八达的好地段，“什么新风都一阵阵地刮，就把什么都刮没影子啦。”

蔡伦古法造纸的生产工序号称“七十二道”，主要原料是构树皮，生产过程包括选料、浸泡、蒸煮、漂洗、碎料、舂筋、打浆、舀纸、晒纸、收垛、分刀……在河边，我们看见了那个男人。他穿着一件白色的上衣，手里拿着一张不规则的黄色的厚厚的纸。他的前面就是水车带动的一个长长的木槌子，木槌子一下一下地砸到纸上，他慢慢地转动着纸面，一点儿，一点儿。他根本不抬头看我们，只是一点儿、一点儿地移动着纸面，任木槌砸着，砸着，砸着……我忽然想，几百年前，几千年前，这溪水就是这么流的吧？这水车就是这么转的吧？

这木槌就是这么砸的吧？那么，坐在我们面前的人，是几千年前的那个人吗？

而我们这些来观景的人，肯定不是几千年前的人。

看着平静的他，始终如一地做着一件事的他，我心里忽然满是疼惜和敬畏。这些默默劳作的人，总是很轻易地就让我疼惜和敬畏。

然后我们去看正在建的造纸博物馆。据说贵州省文物局已投入了三百多万，整馆占地面积一千五百多平方米。这房子看着真是奢侈——主要的建筑材料就是原木，几乎看不到砖，水泥也很少。木材不是松木就是柏木，进到屋里就能闻到淡淡的木香。上到二楼，看到一间一间隔开的酒店式的房间格局，当地的朋友说这个博物馆同时还有一个功能：写作中心。也就是说建成后会请一些作家过来写作。“欢迎大家都来。”他们笑道。我想象着，将来这栋建筑里，楼下是浙江温州瓯海区的“泽雅造纸”、湖南张家界老棚峪的“香纸”、山西定襄县蒋村的“麻纸”等各种各样的古法工艺造出的纸品在静静展示，而楼上一些写作的家伙——也许还会有我——正在噼里啪啦地敲着电脑。

那么，就这样吧。既然都如此传说：在未来的未来，不再有纸，正如不再有书，纸已经或者即将成为一种仪式、一种祭奠、一种标本、一种历史、一种记忆，那就让纸那么静静地铺展着，让手在流动的荧屏上跳舞吧。

即将上车离开的时候，有人气喘吁吁地跑来，展示出一张纸——蔡伦古法造纸术造出的样板纸。我们拿在手里传看着这张印江白皮纸。据说这纸“纸质坚韧细腻、色泽洁白，吸水性及吸墨力强，耐保存”。

“徐悲鸿当年没少用这纸画画呢。他说这纸坚韧绵扎、细腻白泽，折不起皱纹……”

我轻轻地摸着这纸。真是好纸。

印　绿

在印江，一路行来，满目葱翠。有大绿也有小绿。小绿是野花野草，星星可爱。大绿是树绿。每家门前，每个村庄，每条路旁，树木的繁茂和家常，无处不在。——就连紫薇树都能活一千多年，长到三十多米高，成了赫赫有名的“紫薇王”。有田绿也有山绿。田绿是水稻和蔬菜，在很多田野里，我们都还看到了土豆花。“洋芋花开赛牡丹。”有人这么唱。呵，干吗要赛牡丹呢？洋芋花是好看的，却也用不着来赛牡丹。正如牡丹是好看的，却也用不着来赛洋芋花。这世上的花啊，各有各的好看。

山绿则是梵净山。梵净山的绿着实惊人。坐在缆车上向下看去，是一览众山小，也是一览众山绿。绿山与绿山之间，是深绿的谷。绿谷中偶尔有跃动的白色，是泼洒的溪流。溪流之上有浅白色的雾霭淡淡飘浮——除了绿就是白，再无杂色。极清极爽。缆车上行到站，我们开始向金顶攀爬。岩石陡峭，极其危峻，可是脚下和手边总还是有青葱的绿沁人心脾。

我一口一口地深深呼吸着。这绿色让我贪恋。印江人生活在洁净的呼吸里。呼吸深些，呼吸浅些，都没关系。深呼浅吸两相宜，反正空气都是绿色的。可是我们……我想起前两天和北京的朋友相互问候，已经不是“你好”“保重”之类，而是“祝你呼吸愉快”。

呼吸愉快，这已经成为一种祝福。从这个意义上讲，浸泡在绿色中的印江人，他们的呼吸生活已经将祝福变成了现实，很奢侈。

印　人

也许印江人自己都没有发现，他们自有一种特别的气质。尤其是乡下人。

在郎溪镇，我们去看一所老宅。老宅在高高的坡上，我们一个台阶一个台阶地走上去，门却锁着。原来老宅还是私宅，并不对外开放。本地的朋友用方言和邻居们打探，翻译给我们听：老宅的主人下地去了。原来如此。我们便很不礼貌地一个一个扒着门缝往里面瞧，瞧完了，打算回去。忽有妇人出现，叽叽喳喳起来，和本地的朋友们说着什么，本地的朋友有些不好意思的样子，也不翻译给我们听，但我们还是听懂了一些关键的字：“钱……不给钱……”

呵，原来是这主人想卖门票呀。倒也应该。谁规定我们有资格免费打扰人家？

我们返回，又一个台阶一个台阶地下去。左边的石台上，一个年轻男人光着上身，端着大碗，正在吃饭。路过他身边时，我走得很慢，很想看看他吃的什么，可是石台很高，他也很高，我看不到他碗里的内容。饭食的气息也是陌生的，我闻不出来，心里怪痒痒的。我看着他，想着如果他看我，我就对他笑笑，和他打个招呼，可他只是一心一意地吃饭，认真得像个孩子。

再往下走，右边的门口出来一个老爷子，穿着淡蓝色的衣裳，很严肃的样子。他倒是看着我，我也看着他，对他笑着点点头，意思是“您好”。可他还是很严肃，好像是我的上司或者老师，或者我是个犯过错误的人，绝不能给我好脸色。于是我灰溜溜地收回了笑。反思着自己：在他眼里，你也不过是个陌路人。既然是陌路人就遵循陌路人的角色，打什么招呼呢？走自己的路就是了。把你在外面学的花里胡哨的虚礼都收了吧。

回到车上，我和朋友说我的感受，她大笑起来：“我也对他笑了呀。他也是那个表情。你想想看，咱们两个都那么对他笑，他心里会怎么想我们，会不会觉得咱们都有病啊……”

是啊，和他们相比，我们都像是有病的人。其实，确实也都是有病的人。

又到了一个镇上。我们在街上溜达着，到了一个很气派的宅门口，几个老人安安静静地坐在那里，浅色的老式衣服外面都罩着深蓝或是浅蓝的围裙，干干净净，清清爽爽的。她们坐得端庄矜持，真是好看。我们就很没礼貌地对着她们拍照，她们没有任何表示，不笑，也不恼，只是任我们拍。淡定极了，家常极了，和她们的气度相比，倒显得我们都是没见识的人。后来我有些羞臊，收起了相机，试图走近她们，可是她们没有和我们说话的意思，我也只好放弃。她们只是那么看着我们，似乎我们这些外人在她们眼里没有任何稀奇，她们早已经看遍了这世上的风景。

还碰到一个小女孩，在一个村子里。我们吃过了饭，将要离开，正在等几个跑到远处拍照的朋友，就在这个空当里，我看见了那个小女孩。她好奇地看着我，我也看着她。她的眼睛像一颗黑葡萄。我对她按下了快门，她笑起来，竟然跑到我身边，要求看照片。我给她看了以后，她笑得更开心，于是我又给她拍……正玩着呢，一个老人走了过来，看样子是她奶奶，要把她抱走。她不肯，求救似的贴近了我。她的小身体好温暖啊，我实在不能拒绝，就把她抱了起来。旁边的朋友就替我们合影。

然后，奶奶就开始讲起话来，语速很快，方言味道浓郁，我一句都听不懂。本地的朋友不在，也没有人可以翻译。我就无奈地懵懂着。看我不懂，奶奶就蹲下来，掀起了孩子的衣服，露出了她的肚皮：一道很大的伤疤爬在孩子的胸前。再结合奶奶说的一些词，我隐约明白了：这孩子有先天性心脏病，做过很大的手术。她父母都在外面打工，所以孩子只能跟着她……这孩子对外人的不认生是因为这病吗？因为这病，她小小年纪就在外面认识了许多陌生人，所以才会和我这么自来熟吧？

我抱着她，心里忽然难过起来。我想为她做些什么，可是又能做些什么呢？即使这么抱着她，我又能抱多久呢？我可以给她一些钱，可是给她一些钱又有什么意义呢？钱能代替她的父母亲吗？而且，不知怎么的，我觉得给钱很像是对她的侮辱。

我难过着。同行的人已经集合齐整，准备走了。我和她们挥手告别，上车走远。从后视镜里看着她们的身影，我觉得自己真是一个冷酷的、无耻的人。

在茶山上，见到了此行最大方的人——采茶人。男男女女，加起来也不到十个。女的大红，男的粉蓝。远远地看着他们在茶园里，颜色这样冲撞着混搭起来，还挺好看。看着我们越走越近，他们突然开始唱起歌来。走近后，看见他们一模一样款式的衣服，我明白了：他们都是演员，特意来为我们表演的。

他们很尽力地唱着，一个唱，另外几个就跟着和。我站在栏杆外的台阶上，看着茶园里的他们在表演，他们的茶篓子也非常小，简直就是一个象征。而且，茶树也都修剪过了，没有什么可采的茶，真是纯粹的表演。忽然想起朋友的事，他去西双版纳玩，在一个佤族村寨发现佤族人穿的是汉族衣服时，他说："……我们就十分失望。但可爱的佤族兄弟们，他们是多么善解人意。一对夫妻马上花了一个小时穿上全套的民族盛装，款式繁复，色彩斑斓，每个细节都巴洛克式的执拗讲究。我们大喜，相机的快门咔咔作响，每个人都与他们合影留念。"

然后呢？

"然后，我们就走了，渐行渐远。那对夫妻也许已换上和我们一样的服装，烧火做饭。"

面对着这些为我们表演的可爱的人，我觉得深深的不好意思。

他们的声音嘹亮、粗犷，真是适合在这山野里唱。听着听着，我们几个就试图和他们呼应一下，以示礼貌和欢乐。可是也真是心有余而力不足，只能等他们唱完一段喊"哦"的时候，我们也配上两声。可是我们的"哦"完全没有他们余音袅袅的韵味，就只是野兽似的大直嗓子，且非常短，尾音部分几乎没有，即使勉强延长出来也是虎头蛇尾，气若游丝，可怜极了。

在这健壮的山野里，我们都是孱弱的孩子。真是羞愧。

下了茶园，我们去长寿谷，走着走着，听到有悦耳的歌声。等了一会儿回头去看，还是他们。他们已经不再唱采茶歌，开始唱情歌。本地的朋友也动了兴致，开始低低地回唱起来。一唱一和之间，他们越发唱得好，一路有如泣如诉的溪流给他们伴着奏，听得我们心醉神迷。虽然听不懂一句，但毫无疑问，全部都能享受得到。

晚上住在侗家山寨，饭后散步到一个很大的亭子旁边，看到一群人在亭子里坐着，围着炉火在弹唱。弹琴的是个眉目俊朗的本地男子，笑的时候很洒脱，不笑的时候又有些忧郁，俨然是这聚会的灵魂。一群本地人围着他，看他调试着琴弦，一遍一遍地弹奏，便跟着一遍一遍地唱。他们用方言说着，笑着，窃窃私语着，或者静默着。这个时候，我无比明白：我们就是外人。也许，我们永远也进不到他们生活的内部去——凭什么呢？我们这些来去匆匆的过客，有什么资格进到人家生活的内部去呢？

不过，还能怎样呢？能这样和他们邂逅，已经很好了。

第二天，我们在路上碰到了那个弹琴的男子，他神情平淡，步履迅疾，目不斜视地向前走着，一副凡尘模样。

素丸子小记

近日，姐姐到郑州来，小住了两天，我便缠着她，让她教我做素丸子。

喜欢吃素丸子已经很久了。在街上听到女孩们讨论“丸子头”这样的发型时，我都会想起它，从而口中生津，馋得不行。而听到有初见的朋友说我长得像樱桃小丸子时，我也会因其中的丸子元素而喜笑颜开。

为什么喜欢吃素丸子呢？好像有些无厘头似的。想了想，其实也有因可循。油炸的东西本来就足够浓香，若是肉丸子的话，油香加肉香，香得就有些腻。素丸子呢，是油的浓香加蔬菜的淡香，这香得就恰恰好。还有，肉丸子不宜凉吃，素丸子却不受这个拘束。每次外甥女豆豆回老家时，姐姐便会炸些素丸子，托她给我带回来。等到我吃到嘴里，那丸子自然也都凉了。凉了也好吃，因为是新鲜的凉。

“热的最香。”姐姐每次都会在电话里说。

新鲜的凉再好吃，也不如新鲜的热。作为一个吃货，这个我当然知道。可是自己不会做，就只好退而求其次。

“可简单！”姐姐开始在电话里唠叨，买什么菜，放多少面，加什么调料。每次她都说得兢兢业业，可是很抱歉，对我来说，每次都是如风过耳，一点儿痕迹也没落下。

“就是可简单！”豆豆也说。她无数次地眼见为实，便由衷地感叹。有一次，看着她站着说话腰不疼的样子，我就赶鸭子上架，让她“可简单”地来一次，她也是撸胳膊挽袖子，信心满满地在厨房忙活了半天，最后出来的东西却是一个四不像。

无他，耳听目睹终觉浅，“绝知此事要躬行”。

姐姐说既然要做，就做两种。这两种在她看来最为经典。一种是芹菜素丸子，另一种就是萝卜素丸子。

先去逛菜市场。

家门口就有一家菜市场，老板娘特别勤快干净，言语很爽利，又透着点儿好强。每次去她家买菜，都会自动抹了零头儿。有时候，我一个人吃饭，买的菜少，她就不收钱。一小撮香葱香菜什么的，她也都是赠送。时间久了，我实在不好意思，她却总是豪爽地一笑：“人家可以沾我的光，我不爱沾人家的光。”

姐姐说，芹菜要选小芹菜。

芹菜是有讲究的。土芹，西芹，水芹，都是芹菜。老板娘说，今天她店里进的这种小芹菜是土芹。土芹又叫旱芹，还有一个名字叫青芹。西芹也有别名，那名字骄傲得很，就叫香芹。水芹又叫河芹，又叫白芹，“思乐泮水，薄采其芹”，这是《诗经》里都有的典故，说的就是水芹。想起来，老祖宗们也都太会吃，《诗经》里的菜蔬可是不少。《杕杜》里有一句说到枸杞："陟彼北山，言采其杞。"《鹿鸣》里有一句说到青蒿："呦呦鹿鸣，食野之蒿。我有嘉宾，德音孔昭。"

姐姐不像我这么掉书袋，她只一心一意选芹菜。她拿起一把，看看根儿，看看叶儿，再掐一下茎，便递给老板娘。

"多少钱一斤？"

"两块五。"

"真贵呀。在我们那儿，才八毛。"

老板娘笑了："您家不在郑州吧？郑州没有这个价儿。您可知道在这儿，店租是什么价儿？"

姐姐也笑了："我也就是说说。不叫说？"

"说，您可着劲儿说。大方的都是闲人，计较的才是买主。"

萝卜是要红萝卜，要水灵灵的，硬铮铮的，也就是了。

五分钟就调好了两样馅，果然不难。

小芹菜只要叶子，掐下来，洗净沥干，码在一边。

"有人爱把这叶子用开水给焯熟了，我不爱。吃芹菜的图的是啥？还不就是这个芹菜味？焯了水，这叶子还有什么芹菜味？"姐姐说。

我嗯嗯点头，表示深度赞同。

红萝卜是擦成丝，也码在一边。姜末剁好。面分两份盛好，每一份里都打上两个鸡蛋，然后是些许盐，再放菜和十三香粉——最有名的十三香粉来自河南驻马店的王守义。很久以前，十三香都是沿街叫卖的。曾听过一段叫卖说唱，那词儿实在是有趣："小小的纸啊四四方方，东汉蔡伦造纸张，南京用它包绸缎，北京用它包文章，此纸落在我的手，张张包的都是十三香，夏天热，冬天凉，冬夏离不了那十三香，亲朋好友来聚会，挽挽袖子啊下厨房，煎炒烹炸味道美，鸡鸭鱼肉那盆盆香，赛过王母蟠桃宴，胜过老君仙丹香，八洞的神仙来拜访，才知道用了我的十三香……”

——扯远了。

最后放水。水绝不能一下子放够，得一点一点放，等到能把面团黏黏地搅成一团时，就算大功告成。这时候的馅料，芹菜馅是白里透着茵茵的绿，如大雪下的春草。萝卜馅是白里透着隐隐的红，如大雪里的梅花。

做这两样馅的时候，是姐姐做一样，我照着她的样子做另一样。

让这馅料略放一放，然后，便可以开始炸了。

油要宽。

宽，喜欢这个字。这个平朴的形容词，作为厨房的专用语，一下子就生动起来了。一碗面，汤多面少，叫宽汤。炸东西放的油多，就叫宽油。其实宽在这里，也就是多的意思，可是多这个字，却真是比宽少了太多趣味。你听听，宽，这一个字，面积感和体积感就都欢悦地蹦了出来。

要是有机会，你仔细听听厨师们讲的那些行话，真是动人！我曾亲耳听到过，把主料放进作料里浸渍，他们叫“麻一下”。把未发和发好的原料通过不同的方法存管起来延时保鲜，他们叫“养住”。把韭菜码齐，再掐掉黄尖儿，通常都叫“择韭菜”的，他们却说“把韭菜梳一梳”。似乎韭菜在他们的眼里不是韭菜，而是一个碧发葱盈的小女孩，因为调皮，这小女孩把头发弄乱了，需要怀着爱怜和疼惜，好好地给她打理一下。还有什么“羊不姜，牛不韭”，“猪肝下锅十八铲”，“春鸡腊鸭闹腰子”……每一句这样的字词里，都含英咀华，意味着高度浓缩的经典经验。

宽油渐渐地热了，便有淡淡的油烟渐渐升腾起来。我恋恋不舍地开了抽油烟机。没错，我是喜欢看这些微妙的变化，太有意思了。曾听厨师们讲，做佛跳墙的时候要加隔水炖的黄酒，炖黄酒的时候要看酒面，每一秒钟酒面都有变化，如何随着温度冒出淡淡的透明的白烟，如何开始起小泡了，如何开始起大泡，哪个瞬间才是最好的状态，能让它所有的香味和营养最大限度地发挥了出来，这都是有讲究的。做拔丝菜呢，要观察糖面的变化。这有两条标准：一是去烟务净。要熬到糖面不能有油烟；二是滴水成珠：糖汁儿滴到凉水里，一颗颗要滚成珠子。用这样的糖汁儿做底料，热冷相激，必拔好丝。

——见识得越多，站到厨房里，我就越羞愧。所知的理论和所行的实践悬殊如此之大者，舍我其谁呢？

姐姐已经开始往油锅里下丸子。记得童年时候，奶奶炸丸子都是亲自下手，把丸子一个一个从虎口那里挤出来，挤成圆圆的一个小球，炸出来的丸子便都圆润玲珑，极其可爱。现如今姐姐却不下手了。她用汤匙，挖一下，再挖一下。丸子的形状便扁扁的，不那么像样了。

她只下了四个。芹菜丸子和萝卜丸子各两个。

“先尝尝盐味儿。”她说。

是了。虽然生馅也可以尝盐味儿，但到底不准。还是经过高温历练的成品尝起来更让舌头信任。

“你看，咱这油是好油，所以上色慢。炸了这么久，还是白的。其实素丸子炸到这个份上已经差不多熟了，也定了型，要吃也是可以的，就是颜色欠一些。咱们要是做得多，这就可以捞出来了。”

“颜色不是欠吗？”

“所以捞出来呀。等到你下一顿吃的时候，再过一遍油。这叫‘炸二遍’，那时候炸出来的丸子，一来出锅快，二来上色快，上出来的色又正好，吃着还香热，跟第一遍炸的一样。好多饭店都是这么做的。”

我颔首赞叹。真聪明啊。

终于，这四个丸子慢慢地浮上来，颜色也越来越漂亮，抵达了淡淡的金黄。

我们姐妹两个将它们各尝一个。

“淡了一点儿。”

于是又加一点儿极少的盐。接下来。便可以大规模地炸了。

这两样素丸子，我们炸了足有二十分钟，我也吃了足有二十分钟。越吃我便越惊叹：现炸的素丸子真是好吃，简直是我们这等平凡之家的极品美食——如果不和现炸的肉丸子比的话。

这味道，怎么形容呢？芹菜叶的清香，萝卜丝的甜香，这两样香分别和热油的浓香、面粉的醇香交织在了一起，既条理分明，又层次丰满，仿佛是一曲少女和少年的小小合唱。

舞台？就是小小的舌尖啊。

我边吃边想：这确实没什么难的，我已经会做了。我还很自信地想，在不久的将来，我应该能比姐姐做得还好，因为我会像奶奶一样亲自下手，把丸子一个一个从虎口那里挤出来。哪怕是冬天，我也一定要这么做。

晓艳家的午饭

那天，《回族文学》的编辑马晓艳陪我从天池下来，正赶上了午饭时分。她问：“想不想吃顿家常饭？”我说当然想。她说：“那就吃我妈妈做的拉条子吧，她做的拉条子很好吃。正好路过我家，我也正好看看她。”——天池脚下就是阜康县城，她家就在县城里。

然后我听见她给她妈妈打电话，问：“姐姐带真真走了没有？走了吗？是爸爸去送的吗？你一个人在家？又在伤心吧？我带一个朋友回去吃饭，是口里的朋友，想吃拉条子，你简单做几个菜啊。”我在一边默默地笑。我是“口里的朋友”，这称呼好。还有，“简单做几个菜”，就是这么朴实，不来那些花哨的噱头。如果在“口里”，肯定是要说“多做几个菜，要最好的，最拿手的”云云。和新疆人处，真是不用存一点儿戒备的，他们就是敞开了心思给你看。

挂断电话，晓艳给我讲，她姐姐在兰州，女儿叫真真，真真是姥姥一手带大的，到了上学的时候老少两个才分开，一到假期就会回来，每次走的时候老太太都会抹眼泪，舍不得。

新村路和博峰路的交叉口，一个很静谧的小院，晓艳说到了。上得楼来，她一边敲门一边喊着“妈妈”，这情形让我突然难过。很多年前，我也曾经是这样啊，只要回去看妈妈，都是边进院子边喊的——已经是十八年前的事情了。

门里面没有动静，晓艳掏出钥匙，打开门。进门就是客厅，非常干净爽利。沙发、茶几、电视机旁边的红艳绢花、窗台上的碧绿盆栽……皆一尘不染。房子是有了岁月的，房子里的东西也是有了岁月的，但看到眼里却是那么新鲜和清洁——这是多么勤勉精细的手才能打理出来的啊。

老太太出现在眼前，刚才应该是在厨房里。她微微笑着对我寒暄让座，泡上了八宝茶，递上瓜果，脚步有些缓重，神情却落落大方，端庄沉着。她穿着一件灰褐色底子起着红蓝花朵的长袖褂子，头上是镂花深金色丝巾，颈上是白色的珍珠项链，腕上是一只淡青绿的玉镯。她问我从哪里来，以前来过新疆没有，又和晓艳说着某某某熟人也是河南的，谁谁谁有河南的亲戚……

我跟着她到厨房，看见做拉条子的面已经和好了，一条条地盘在那里，泛着淡淡的油光。锅里正炒着菜。问她：要帮忙吗？她说不要不要，把我让回到客厅里。晓艳却洗了手，到厨房帮忙。

两个边做边聊，不知道说了些什么。

很快，饭就好了，我们坐下吃饭。四个菜，其中有一个炒牛肉，还有一个炒白菜。拉条子十分筋道。我一边慢慢地吃着，一边和她们聊天。

“妈，这两天睡觉好不？”

“昨儿黑夜还好，前儿黑夜不行。两腿抽筋……腿不行了，睡不着。”

“您要把身体养得好好的，常去外面走走。”

“妈想去麦加朝觐。申请好几年了。”

“一个人就得花好几万,三四万吧。得申报。上头是有名额的，不一定能批下来。趁着还能走动，就想去一趟。”

“好几万，是不少呢。”

“孩子们给的钱。”

“都挺孝顺的呢。”

“嗯，都好。四个都是大学毕业，都工作着呢。都好。老大在美国当老师。”

“那真是好。您供四个孩子，当年是不是得欠债啊？”

“没有。日子是紧巴巴的，可没有欠债。他爸爸在卫生局开车，这房子就是卫生局分的，家属院，工资不高。我在乡下种地，有粮食吃就好多了。再干点儿别的贴补家用，就不用借钱。日子一直都还好。两个大的上大学都没花多少钱，一毕业就更好了；拉扯着两个小的，给他们交学费，买衣裳……都挺好的。孩子们前些年凑钱给我买了养老保险，现在一个月能领一千多。”

“真是挺好的。”

……

突然想起晓艳在路上跟我讲，她在石河子上大学的时候，每年到了棉花盛开的季节，学校都要派学生去摘棉花。交了钱就可以不摘，而摘了就可以挣钱。有很多同学都不摘的，她每次都去摘。一摘二十多天，手被划得一条条的血道子，吃得也很差，毒辣辣的太阳晒得皮肤疼。可是想到家里，她就觉得自己不能去偷这个懒。

这就是这种家庭出来的孩子，规矩，懂事，能体恤父母付出的辛苦，也能回赠给父母最贴心的报答。而所谓的幸福和爱，就在这付出和报答之中吧。

拉条子吃完，晓艳端来了面汤，说是“原汤化原食”。河南也有这样的说法。喝完了面汤，又坐回客厅里，我说想看看老照片，老太太便找了一堆照片过来，我慢慢翻看。有一张我翻拍了一下：她抱着她的长子，梳着两条辫子，圆润娟秀的脸庞，眼睛里透着盈盈的笑意。一望而知是一个日子过得平和丰足的美丽少妇。

顺着老照片一一回溯，这个家庭的历史清晰呈现：长子到北京读大学，又到美国读研究生，读博士，一个稚气的男孩逐渐成为盛年的男人，脸上神情由腼腆拘谨逐渐到明朗笃定；两个女儿依次长大，原本有些乡气的衣衫和有些青涩的容颜逐渐蜕变，距离当下越近越是时尚好看。然后她们结婚，她们怀抱宝贝，都是“绿叶成荫子满枝”。一张又一张的全家福，家庭成员越来越多。夫妇两个也跟着一张张影像逐渐由中年进入老年：在天池，在北京，在美国……

很快就得走了，我提出给她们母女拍合影。她们很高兴地配合着，这边沙发拍一张，那边沙发拍一张，把绢花摆到跟前拍一张，挽着胳膊头挨头拍一张……然后我和老太太合影。我一直期待着这个时刻，甚至可以说，之所以提出要给她们母女拍合影，最重要的就是为了顺理成章地达到我和老太太合影的目的。

我和老太太合了两张。我离她很近，很近。我闻着她身上的气息，这是母亲的气息。我很想像晓艳那样挽着她的胳膊，像和我的母亲一样。可是我没有。她是母亲，她当然是母亲，然而我知道，她不是我的母亲。我是如此靠近这温暖，但这温暖终归是晓艳的温暖，而不是我的。

“你拍照的时候好乖的，好像个小女孩。想妈妈了吧？”晓艳没心没肺地问，却是一语中的。我没有回答，眼泪却是控制不住了，于是跑到卫生间里，悄悄地哭了一会儿。清理好眼泪，回到客厅里，老太太正在收拾那些照片，边收拾边对晓艳絮语：“回头好好把这些照片整整，将来我不在了，你们几个分一分，做个纪念……”

“你看你，说的是什么话嘛——”晓艳娇嗔。

该告辞了，老太太把我们送出了门。正要走下楼梯，我又有些犹豫，觉得有一件事是该做的。正犹豫着，回头看老太太，她已经伸出胳膊，把我拥抱在了怀里，说：“下次再来。”我也拥抱着她，拥抱着这位母亲，我说：“您要好好的，要健康长寿啊。”

她一定是感知到了什么，以一位母亲的本能。谢谢她那么拥抱过我，我确实是一个很需要这种拥抱的人。所以，她拥抱我的感觉，一直萦绕在我的身上。

秋麦难吃

不管怎样，到了今天，也算在文字中活了一把年纪，随着年龄的增长，对于民间话语，我是越来越感叹和敬畏。

比如最近听到的这句话：秋麦难吃。

某天下午，办公室里最年轻的女孩子举着一块烤白薯走进来，说刚才在买白薯的时候，听到一个老太太在和另一个老太太聊天，说到她们的一个熟人得了什么病，“她泪盈盈地说了一句话，说怕那个人秋麦难吃。请问各位老师，秋麦难吃是什么意思？”

大家面面相觑，没人知道。我也茫然，暗自揣测：秋麦，秋天的麦子？秋天是没有麦子的啊。五黄六月，焦麦炸豆。应该是在六月份才对。对了，听说东北的麦子熟得晚，难不成在东北叫秋麦？那两个老太太是东北人？

推测永远没有结论。我便去上网百度，百度里关于秋麦有两个词条，第一条说秋麦是成熟的庄稼；第二条说秋麦指的其实是麦秋，意思是收割麦子的时候。这时候忽然想起了大学时的古汉语，恍然大悟：秋字，本身也就有庄稼成熟的意思。如此，在那两个老太太的语境里，秋麦就是指五黄六月的成熟麦子了。

那么，秋麦难吃呢？表面的意思，应该就是新麦子不好吃了，但这显然不合情理。从来都是说陈麦难吃，没有说新麦子味道不好的。那或者可以解释为：不容易吃到。这就通了，放到病人身上，就是说病人吃不到新麦子了——如果是秋冬说这话，那就是说吃不到来年的新麦子。如果是春夏说这话，那就是说吃不到今年的新麦子。再进一步解释，那就是说，活不了多久了，长则大半年，短则两三个月。同时，难吃二字还可以兼指为：病者的亲人和家属吃到新麦，舌尖上的滋味也不复甘之如饴，因为，那个亲爱的人，他再也吃不到了。

如此情状下的秋麦，果真是难吃，简直难吃到了颗粒难咽的地步。但是，请原谅，在我的意识里，“秋麦难吃”这四个字的味道却是如酒般醇厚——其优美、伤感、委婉、含蓄和简约的程度已经抵达到了我想象的极点。只有从历史出发，从土地出发，从季节出发，从植物出发，从心情出发，从人生的很多原点出发，才能抵达这小小的四个字。其间的意蕴，犹如一方深小的沧海，或桑田。

家常饭

一

在视力尚且蒙眬的时候，粉嫩如花的小嘴就急切地张开，准确地迎向温软的乳房。那里正储蓄着丰满醇厚的奶香。——我看着怀抱里小小的儿子，仿佛看到了当年的自己。当年的我，一定就是以这样的情态面对着母亲的乳房吧？母亲的乳房，最初的饭碗，最早的厨房，这里存放着我们人生的第一份食物。奶，水，芬芳的流质，温暖的液体。人生的第一份食物就是这么历历可数的单纯。

然后呢？懵懵懂懂中，对食物的搜寻是原始的本能，也是游戏的本能。因无知而无畏，仿佛触手可及的一切都可以成为玩具兼美味：自产自销的手指，放在嘴里尽情地吮吸，它的功用似乎完全可以等于十根高仿的火腿肠。我曾经学着儿子的样子尝过自己和他的手指：我的手指再洁净也有一种顽固的咸苦，他的手指哪怕两天不洗也有一种微微的嫩甜。或是因陋就简的筷子，新筷子会有明亮的原材香，那香味爽朗得似乎会在舌尖大声叫喊。而褪了色的旧筷子则必定会失去木质的清幽，漆香也沉默了，哑巴了，仿佛只剩下了疲惫和衰弱积存在它单调的身体上。随时可供入口的还有柔软的衣袖。衣袖的功能真是多啊，可以擦脸，可以拭汗，可以磨牙，更可以放在舌尖品味，它和牙齿之间的舞蹈有云的轻盈，也有棉花的筋韧与虚泛……再然后，渐渐地，眼睛明察秋毫，嗅觉如虎添翼，小小的牙齿也渐露锋芒，于是，不再游戏了。吃就是吃。食物就是食物。吃食物越来越成为一件庄重快乐的盛大之事：食粥，食饭，食油盐百味。个子越来越高，年龄越来越大，嘴巴越来越宽，无数的食物如不尽长江滚滚来，将日子淹没。

随着年龄的增长，发现自己是越来越喜欢吃东西了，也越来越会吃东西了。这二者是有互动关系的：因为越来越喜欢吃，所以越来越会吃；也因为越来越会吃，所以越来越喜欢吃。总而言之，我觉得自己似乎已经慢慢地从吃中获得了一些能力——不，不是能量，这些吃食除了有让我活下去的能量之外，确实还让我获得了一些能力。是最不实用又最实用的那种能力：不实用是因为这种能力不能赚钱，实用是因为这能力可以照见人生的些微。

二

说起吃，忽然想起二十二岁之前我居然是不吃肉的，不免感到惊奇。确实，从有记忆的时候起，我就对肉非常敏感——厌恶的敏感。

敏感到一看见肉，一闻到肉味都会恶心。用肉炒的菜，我肯定是不动筷子的。过年时家里会用剔过肉的猪骨炖一大锅骨头汤，俗称老汤或者高汤，做菜时总会放一些，因为只是汤，所以放进菜里根本就没有肉影儿，不过是个味儿而已，但这也是我绝对不能忍受的，我宁可吃咸菜，或者再炒个什么素菜。经常如此：他们用这老汤炖大烩菜：青翠的白菜，雪白的豆腐，透明的粉条，墨绿的海带，深红的牛肉丸子，浅黄的腐竹……就着暄腾腾的大馒头，一个个吃得心甜意洽。我自己却另炖一锅，料都是一样的，唯一的不同就是不用老汤。因为我的关系，奶奶总是另做有素丸子和素包子，饺子馅也肯定是另备一份素的。她也不怎么吃肉。她说她不喜欢吃。后来我发现她的不喜欢是有弹性的：肉少了，不够吃了，她就说不喜欢，“太香了，顶不住”；肉多了，要剩下了，她肯定就可劲儿吃，“这么好的东西，放坏了多可惜”。

对于我的吃素，奶奶虽然也会劝几句，但总的来说还是很支持的，甚至是鼓励和表扬的。后来我暗暗怀疑，她是为了让我省下些给她的孙子们吃。她老人家一直都有些重男轻女。那时候家境清贫，家里吃肉的机会不多。女孩子们少吃一些，男孩子们就可以多吃一些。虽然多不到哪里去，总归还是多一些好。

不吃肉，能吃的就只有素食。然而那时的素食也很有限，除了大烩菜里的那几样，就是时令的蔬菜：黄瓜、西红柿、茄子、长豆角……我更喜欢在地里现摘这些东西生吃，就着井水一冲，放在嘴里就咬起来，仔细品去，这些生的东西，都有一种甜甜的后味：黄瓜是脆甜，西红柿是酸甜，茄子是涩甜，长豆角是腥甜……除了甜味，还有一种鲜奶味。我坚信：如果用这些生的东西去提炼某种鲜的基因，得出的结果肯定和牛奶的鲜属于同宗同源。

吃的范围由素扩展到荤是在结婚之后。对我来说，“饮食男女”这几个字真的是非常一体地进步着。爱人的家人都很能吃肉。我第一次去他们家的时候，是临时起意，没有预先告知，因此是地地道道的家常饭。他们吃的是捞面条，配菜是大炒肉。大炒肉这个菜名我是第一次听到，后来才知道，这个菜名是他们家的独创。什么是大炒肉？就是用葱配肉炒，也就是纯纯的炒肉丝。他们家就叫这个是大炒肉。我去了之后，未来的婆婆给我盛的面里有一半都是肉，我勉强把面吃了，把肉全留了下来。老太太就此知道：她未来的小儿媳妇是个不吃肉的人。

但是过了门之后不久，我二十多年的斋戒便破了。是从羊肉串开始的。爱人非常喜欢在大排档上喝啤酒吃羊肉串，知我不吃肉，便故意逗我：“吃一串吧。咱吃得起，不用省。”因为几乎天天都要听他这一番话，有一天忍不住就动了心思，吃了一串，居然感觉不错。后来又开始吃羊腰，不是那种全腰，而是小腰片，又脆又香。我学会吃羊肉串那年是 1995 年，县城的羊肉串价格是一块钱六串，如果要两块钱的，还会多赠一串。羊腰片的价格要贵一些，一块钱一串。那个烧烤摊常年设在县城的影剧院广场上，老板叫老豹，体格黑壮，温顺寡言。

几乎是与此同时，我的舌头还接纳了羊杂碎。夫家大哥在新乡工作，隔段时间便会携妻带女回家看望婆婆，一回家，便会号召大家去西关吃羊杂碎，我推辞了几次，后来也跟着去了，一去便喜欢上了。

我们常去的那家店叫二宏羊杂碎，见名知义，店主的名字就叫二宏。那边的店都是这种风格：跃进羊杂碎、大新羊杂碎、长江羊杂碎……每家店前都支着一口大锅，锅里一半地方堆着切好的杂碎，给人以非常丰盛的感觉，另一半是翻滚的雪白高汤。我们报过碗数，他便取过敞口粗碗，放入香菜、红椒末和味精，将汤汤水水的杂碎舀入碗中，顿时，白的汤，粉的杂碎，绿的香菜，红的辣椒……悦目非常。旁边的草编筐里是新出炉的烧饼，一块钱四个，我们一家按数买好，进店坐下，顿时就占去了半个店。我们从没有集体去别的家吃过。只因大哥说好吃，他的舌头久经检验，我们就无条件地信任了。

后来我悄悄地独自去别的家尝过，似乎还真的是二宏家的羊杂碎比较好吃。不过我也暗暗怀疑：我们之所以觉得好吃，其实是因为吃了太久的缘故。口味也是有记忆的。吃淡的久了，便觉得淡的好吃。吃咸的久了，便觉得咸的好吃。我们村里有一个媳妇，最喜欢吃放馊了的饺子馅包出的饺子。她说在娘家时吃饺子是很隆重的事，饺子馅会拌很多，总会放馊，她吃惯了那种自然酵酸的味道。受她的蛊惑，有一次我故意把饺子馅放馊，吃了一次，果然有一种奇特的酸香。不过相比之下，还是觉得不馊的好。那毕竟是她的习惯，习惯可不是那么好传染和转移的啊。

一碗羊杂碎，汤多肉少。汤是河，肉是游泳的鱼。好在最有味道的不是吃鱼，而是让舌尖在河里游泳。也因此，吃杂碎还有一种最寻常的说法——喝杂碎。喝杂碎汤还有一条不成文的规矩：加汤是免费的。据二宏说，曾有一个老头带着两个孙子来喝杂碎，他只要了一碗，却加了十次汤。他们爷孙三个吃得肚子溜圆，也把二宏噎了个珠玉满喉。

由羊肉串到羊杂碎，在羊身上，我算是开了荤戒，从此一发而不可收。后来回过神来，才发现这两样都是家常之外的杂味。为什么会在家常之外的杂味上开荤？想了想，大约是因为这些杂味野、满、有劲儿。而我的骨子里，喜欢的就是这些个野、满和有劲儿。不过杂味吃多了就会明白：家味虽然没有杂味足，杂味却也真的比不上家味正。开了野荤之后，我的胃便由杂至正，由外及里起来，慢慢地被家常的魅力一五一十地收了编，招了安。婆家大嫂很会做菜，一跟着大哥回到家她便主厨，煎炒烹炸，样样开花。我越发耳濡目染，筷筷知味。吃肉的范围也越来越广：鱼、猪排、猪肚、大肠、清炖鸡、红烧鸡、红烧排骨、虾、蟹……鱿鱼是我尤其喜欢吃的，它敦厚的白，脆脆的筋道，清淡绵长的美味，从视觉到口感都是享受。带儿子去豪享来中西餐厅吃套餐的时候，他要的一般都是牛排，我要的就是日式吊片套餐——在我的猜测中，吊片，就是鱿鱼切成片之后的另一种称呼。

吃得多了，也便开始做了。粉嫩的油腻的猪肉，深红的血淋淋的牛肉，规整如画的排骨的线条，鱼和鸡凝滞的眼睛……以前不能看不能动的各种肉类，都开始和我进行了亲密接触。我切、剁、洗、做、吃、品，终于由草食动物变成了肉食动物——不，确切地说，是杂食动物。由一个村姑嫁入县城的豪门，由肉开始，我在吃上逐渐长了见识。后来想想，之所以吃了那么长时间的素，归根结底还是小时候家里穷的缘故。

——似乎有些跑题了。这些都是家常菜，不是家常饭。在我的意识里，说到底，菜和饭的意义终究还是大不相同的。就种类来说，菜比饭多。但就分量来说，饭比菜重。菜是锦上添花的花，而饭是花用来立足的锦。我们的日子，可以没有花，但绝不能没有锦啊。

三

身为河南人，我钟情的食谱里自然离不了面。味蕾对于面的感情，简直是连心都不能理解。我有一个朋友，某银行的老总，穿金戴银，宝马香车，俨然是不折不扣的超级白领。但身为河南人，她却改变不了自己的胃的德行。每下飞机，她要做的第一件事就是直奔烩面馆，要一大碗烩面，吃得面净汤干，淋漓尽致，然后把嘴一抹，再打道回府。

“没办法，心里就是想啊。”她哀叹，“先吃了那碗面，心里才踏实。”

我没有做过统计，但我毫不怀疑，全国烩面馆最多的地方一定就是河南，河南烩面馆最多的地方一定就是郑州。走在郑州的大街上，看吧，到处都是烩面馆。三步一小馆，五步一大馆。也不知道是因为烩面馆多了，人们不得不习惯吃烩面，还是因为人们喜欢吃烩面，所以才会有这么多烩面馆。反正郑州人就是离不开烩面馆。呵，这一瞬间，我仿佛又闻到了那种特有的味道——

“羊肉烩面说是烩面，其实主要是喝汤。喝羊肉高汤才是这道面食的精华。”一个对美食颇有心得的朋友谈到经典的羊肉烩面时，曾经这么说。她这方面的理论很系统。她说：羊肉一定得要肥的，肥了汤味才浓。用小火慢慢炖是必须的。郑州最好的羊肉烩面馆是合记和萧记两家。合记的汤肥，萧记的汤鲜。如果不喝酒，最好吃萧记。如果喝酒，最好吃合记。“一碗肥汤倒进去，胃就暖过来了，连酒都解了。”

她还会做烩面。我曾亲眼见过她做烩面的全过程。先是和面。面自然要用精粉，和面的时候要放一点儿食碱，还要放一个蛋清，再加上微微一点点盐。绝不能多，只稍稍有些盐味即可——有一家烩面馆的名字就叫“一点盐”。刚刚和出来的面是糙的，也是硬的。没关系，往里倒些油，再接着和。和着和着，油似乎是面的酒似的，就把面醉了。醉了的面自然就软了。不，这时候软得还不够，软得不透，还是生软。生软的面就要用湿布将面盖住，把面放一放。一定要用湿布，不然面的表皮会结一层干壳。这个过程的专业术语应该是“发酵”，但河南人却是这么说的：“让面睡一睡。”还有一个叫法更有趣，是“让面醒一醒”。睡和醒，这两个字居然都用到了这里！每当听到这两个字，我都仿佛看到面里一个个小小的嘴巴打着哈欠，想要醒来却忍不住又想要睡去的模样，可爱慵懒，娇俏动人。就是这两个再平凡不过的动词，就是这两个再普通不过的字，就是这两个看起来意思截然相反的字，就是这两个不论什么人都会用的最最民间的字，居然就为面传达出了最最恰如其分的气息和神情。就是这两个字啊，除非是这两个字！

醉了的面睡好了，醒过来了，就会散发出一种自然而然的光泽，用手一摸，也有了弹性。这就是熟软了。熟软了的面，就可以抻烩面了。因为是纯人工做，所以抻出来的烩面都不怎么规则，一碗面里，有宽有窄，宽是自然的宽，窄是自然的窄。有厚有薄，厚是自然的厚，薄也是自然的薄。厚厚薄薄宽宽窄窄的一碗面煮好了，配上大得吓人的海碗，再加上细细的豆腐丝、海带丝和粉条，浇上高汤，最后再撒上一小撮碧生生的香菜，就成了。——这最后一撮香菜很重要，是用来吊鲜味的。吊，这个词也不由得让我觉出一种特别的生动，仿佛这些柔嫩的叶子上都挂着一个个无形的小钩，这些小钩往面尖尖儿上颤巍巍地一挂，那些深埋的香味就都像小鱼一样逐饵而来，破水而出。

看多吃多，我便也学会了做烩面。想不会都不成。几乎郑州每个超市的半成品食物柜台里都备有一样：烩面片。这些烩面片被一片一片地放在那里，用保鲜膜裹着。买回家，开水坐锅，即下即食，方便得很，专业得很，也便宜得很——五毛钱一片。我的饭量算大的，一顿两片也就足足的了。有一次，我去豫东某个县城开会，在县城的超市里也看到了烩面片，才三毛钱一片。和省城超市的格局一样，烩面片的旁边也安安稳稳地卧着它的黄金搭档：海带丝、豆腐丝和香菜末。粉条倒是没有，也不必有。爱吃烩面的人家，怎么会少了粉条这样的干菜呢?

吃得越久，做得越多，心里也就越明白：像河南这样的地方，像郑州这样的城市，也确实是最适合吃烩面的。也只有这样的地方，才会有这样的吃食。吃了北方的面，再到南方吃了南方的米，就知道为什么南是南，北是北了。米就是那样的：一颗颗，一粒粒，精致，好看，琐碎，同时也八面玲珑，进退有度。吃不完的米，可以炒，可以熬粥，可以换个形式变成另一种吃食。而面食却不一样。馒头，烩面，做了一样就是一样，不能再变成另一样了——就是这么倔强，这么笨拙，不给自己留一点后路。吃着的时候，那种香也是倔强的香，笨拙的香，筋道的香。也因此，作为最具有群众基础的家常饭，有两种烩面的销售前景却让我觉得很不乐观：烩面方便面和烩面挂面。最初在市场上一见到，我就连忙买了尝鲜。一尝就失望透顶。满口都是硬，却不是筋。那种只有烩面才会具备的最特别的香味，被一种说不清道不明的机器味道大刀阔斧地给解构、破坏和遮蔽了。这种所谓的烩面，河南人肯定吃不出好来，凭个新鲜的名头卖给河南之外的那些人，又能撑多久？怎么能不让我对它们的寿命忧心忡忡呢？

某天无事，闲读一个作家写的小说，只读了个开头就让我终生难忘。他说河南这块地是“绵羊地”，是一茬茬血流成河的杀伐把这块肥沃的土地变成了没有野性的绵羊地。他还说，在这块土地上，“人的骨头是软的，气却是硬的，人就靠那三寸不烂之气活着”。他的这话，最开始读的时候我不懂。后来我从烩面这里慢慢地懂了，那种三寸不烂之气，可不就是烩面的倔强，烩面的笨拙，烩面的筋道，烩面的绵长，烩面的千转百回吗？——又扯远了。

四

当然，不仅是烩面，每一种面食由面生发出来，都有其独特的美味。比如刚出锅的馒头，就是我矢志不渝的挚爱。馒头是洋气一些的说法，我们豫北乡下的人都只叫一个字：馍。圆脸馍是馍最平常的面貌，也是最省力的团馍方式，我窃称之为“母馍”。有母馍，自然就有公馍了。我心目中的公馍都是下方上圆的那种体格，侧面看去，很像一座微小的房子。团公馍时，需要两只手掌对立，将面夹住，手劲儿要很讲究，不轻不重，很迅速很决断地往中间一压，一座下方上圆的小房子就被塑了出来。这就是公馍了。除了公母，馍还有很多花样，比如过年供神的大枣花馍，有鱼样，有鸟样，有牡丹花样，不过这些都属特型演员。家常面貌的馍也就公母两种，现在几乎只见母馍一种了。过去的女人只在家里做主妇，没有什么别的出路和想法，繁苦的厨务既是她们的重负，也是她们炫技的舞台，她们做的吃食在味道和模样上也就格外讲究。现在从厨房里解放出来的女人越来越多，越来越懒，手工活也越做越简易，公馍要多费一些力气，被淘汰似乎是必然的了。

幼时在家，只要看到奶奶在蒸馍，我是肯定不会出去玩的，必定要等馍熟了，拿一个出去才罢。馍熟之后，从热锅里往外拿的过程谓之“揭馍”。奶奶揭馍时，我就眼巴巴地在旁边看着。锅盖掀开了，热腾腾的蒸汽中，一个个白胖胖圆乎乎的小脸，那就是可爱的母馍了。奶奶拿一碗清水过来，将手在碗里蜻蜓点水般地蘸上一蘸，便飞舞着闪着水光的手开始揭馍，揭一个，蘸一蘸，再揭一个，再蘸一蘸……直到最后揭馍完毕，碗里的水似乎还是那么多，馍也一个个珠圆玉润，完美无缺。

偶尔，奶奶手正忙，也会让我去揭馍。我怕热馍烫手，就会用筷子夹出来，或者干脆照着馍心扎下去，揭出来的馍就会被捋掉一些皮，或是留一个洞，奶奶就会喝骂，说破了馍的相。边骂我她老人家少不得亲自上来剥夺我的权利。我完全不能理解她的职业精神，总是暗自嘀咕：不过是自家吃，破了相又如何？讲究这些做什么？做得再漂亮，不还是上头进去下头出来，最后成为地上的大粪？直至成人后方才明白，自己当初懊怨的性质宛如“反正要死，何必要好好生”，简直就是无赖和无知的逻辑。大字不识的奶奶以她最朴素的智慧实践了一条哲学真理：形式不仅仅是形式，它其实就是内容。

揭完了馍，奶奶照例要先用盘子装上两个供到祖先的牌位前，让祖先闻闻味儿。我照例要在心里嘀咕：真能闻到味儿吗？现在明白，真能闻到。奶奶在供馍的时候自己闻到，我在供馍的时候自己闻到，便都是替被供者闻到了。一代代的上供者和被供者，沿着岁月隔出的时间差，用一种一成不变的形式抵达了薪火相传的内容。

供祖过后，终于可以吃馍了。此时的馍热而不烫，正是好吃的时候。我喜欢一层层地吃。先撕馍皮儿，馍皮儿光滑如绸，撕馍皮儿宛如给美女脱衣——这比喻很恶俗，不过也顾不得了。将馍皮儿吃掉，便开始吃雪白的馍肉。馍肉是大口大口吃的吗？当然不是，也是一层层地吃。真正的手工馍就是可以一层层撕开的，馍层很薄，层与层之间还很缠绵，此起彼伏，牵牵连连，丝丝缕缕，纠葛不断。我就这么一层层地吃着，任一层层的清香甜润在口齿间蔓延开来。

馍的近亲除了包子还有油卷。其实对于包子跟谁是近亲我一直有些犹疑。它的形式类似于馍，需要蒸，但就馅的本质而言，它更类似饺子，不过是一个大一个小，一个蒸一个煮而已。后来想想，反正这几位在大范围内都属于面食，我就别操这种闲心了吧。相比于包子，油卷的分属要明确得多：它就是变了种的馍。

做法很简单：面是发面，先像擀面条似的把发好的面擀成一个厚厚的圆饼，然后把盐、葱花和油撒在上面，再把面卷成长长的一条面龙，用刀均匀地切开，稍加整理，接着上锅蒸熟，就是一个个层次分明的油卷了。油卷还可以发展出另一种名堂：把切好的生油卷擀成一张张薄薄的饼，放在平底锅上两面烙熟，这就是鼎鼎大名的葱花油饼了。香喷喷，热腾腾，随便拎起一块都是酥软的。小时候，有了葱花油饼的家常饭，简直就可以称之为盛宴了。每次吃到这种饼，我就想：怎么会有这么好吃的东西呢？有了这么好吃的东西，一辈子的餐桌也就够了吧？

忽然想起了剩馍。一些面食被剩下来之后，虽然不能改变其面食的性质，但经过简单的处理，也是很好吃的。比如面条，如炒菜一般炒一下，仍然是别具风味的美食。“面条剩三遍，给肉也不换。”这句俗话说的也就是这个意思。而剩烧饼和剩馍呢，过油煎一下的话，也会让人过口难忘。我以前喜欢放很多的油来煎，剩烧饼煎出来脆香厚重，剩馍煎出来则外焦里嫩。后来一个朋友说我：“你油放太多了，就只是油香，反而把面最原始的味道遮住了。喧宾夺主。”她来我家的时候，在厨房亲自给我演示她的做法：平底锅里放很少很少的油，开很小很小的火。将几块剩馍放在上面，让油慢慢地热，慢慢地煎。等煎够了一定的时间，再翻过来，煎另一面——这时候锅里已经没油了，只有油光，用厨房的专业术语，应该叫“焙”。

这样的做法时间肯定要长。她耐心地煎着，我耐心地看着——不，不是耐心，是安心。耐心还是有急躁的影子，所以要“耐”，而安心则是自然地天然地等待。我们就这样安心地加工着几块剩馍，还没有吃到嘴里，我就知道她的做法有多么好：厨房里溢满了面食最本色的香味。我贪婪地嗅着这种香味，后来把抽油烟机都特意关闭了。

五

饺子也是我喜欢吃的家常面食之一。最好吃的是萝卜馅。把萝卜擦成细丝，再搁开水里焯，焯得差不多了就捞出来——萝卜水可以喝，有一种奇异的辛香爽利的味道。将萝卜丝用白布或者毛巾包好，放在案板上拧干——我经常放在搓衣板上拧，因为搓衣板的棱角可以把水分最大限度地硌出来。后来有人告诉我可以放在洗衣机里甩干，这倒是一个科技含量很高的方法，不过我不喜欢。做吃的东西，用手亲自去做，自然有享受的乐趣在里面。肉也最好别用机器去绞碎，而是用手亲自去剁。萝卜丝在搓衣板上被拧得干干的，再也挤压不出一滴水了，就可以放剁好的肉和葱姜末，当然少不了盐、酱油、味精、十三香和小磨香油。料齐，拌馅。有人用筷子，我喜欢用手。卫生起见，我戴上薄塑料手套，一手按住料盆，一手就开始拌。拌啊，拌啊，拌啊，眼看着这么多东西就融合在了一起，用各自的香味组成一支浩浩荡荡的香味大军，这个部队的香味是混合的，却并不浑浊。是个性的，组织到一起却也是那么和谐，如同一个最融洽的团体。不客气地说，它们仿佛天生就最适合搭伴儿在一起同时给人吃。拌着拌着就觉得人有一双手真是好啊，人有一双明亮的眼睛真是好啊，人有一个灵敏的鼻子真是好啊，人有一个健康的肠胃真是好啊，可以好好地做，可以好好地看，可以好好地闻，可以好好地吃。

没有什么比好好的更好了，不是吗？

去饭店里吃饭，我也爱点饺子。因为相比而言，饺子和葱花饼、手擀面一样，都是人工成分最多的食物——速冻饺子除外。我无法认同速冻饺子，那种统一的过于香腻的味道，那种一闻便知的技术性：什么样的面适合速冻，什么样的馅在解冻之后还能有什么样的口感，什么样的包装最能引起食欲……一种美味，成了流水线上的商品，想想就有一种莫名的生冷。如果有些饭店没有饺子，那我就退而求其次，找些类似于饺子的食物，比如锅贴，比如馄饨，再比如生煎包子，都可抵得过。而一些饺子店的菜单也是我所喜欢的，虽然吃不了几样，但看看也能让我心满意足。猪肉类的：猪肉大葱、猪肉韭菜、猪肉酸菜、猪肉茴香、猪肉扁豆、猪肉芹菜、猪肉西葫芦、猪肉茄子、猪肉青椒、猪肉黄瓜、猪肉胡萝卜、猪肉三鲜、猪肉蕨菜……忍不住惊叹：猪肉真是无所不配啊！仿佛只要是菜，就可配上猪肉做成馅。羊肉类和牛肉类的因为个性的关系，不如猪肉配得那么多，却也别有意趣。我曾做过羊肉香菜尖椒馅和牛肉白萝卜馅，都十分可口。素馅一般以鸡蛋为主角，当然也是可以百搭的：韭菜鸡蛋、茴香鸡蛋、茄子鸡蛋、尖椒鸡蛋、洋葱鸡蛋、番茄鸡蛋、酸菜粉丝鸡蛋、小白菜粉丝鸡蛋、香菇鸡蛋……偶有不以鸡蛋为主的，也很令我喜欢，如豆芽韭菜、黄豆芽粉条，还有素三鲜——只要有虾仁或者虾皮，任几样素菜都可以凑成这么个素三鲜。

前些时候的某一天，我还被迫吃了一顿素七鲜。那天黄昏时分，我正在家里做晚饭，忽然电话响了，是乡下的婆婆打来的。

“你赶快去超市买七种菜，做一顿素饺子。记住，菜一定要够七种，不能多也不能少。饺子也是每人吃七个，不能多也不能少！”她谆谆教诲，我诺诺应答。最后请教她老人家：“这是什么由头？”——我常常接到她老人家这种凭空而降的遥控指示，每次都有一些由头。

“没时间跟你说了，你赶快去买吧。我也得去寻菜了，回头再说！”

于是我不敢再啰唆，放下电话就和面——面得有一段时间用来睡和醒呢。和好了面，连忙奔向家门口的一个小超市，小超市的菜很有限，挑完了大白菜、小白菜、小芹菜、生菜、莜麦菜、小香椿这六种，剩下一种怎么也找不到合适的：西葫芦有些硬；黄瓜呢，也不好切碎；土豆、莲菜这些也都挨不上饺子的边儿。最后看到香菜，才算解决了第七的问题。卷着七种菜回到家，洗净，沥水，切碎，用小磨香油、十三香和盐拌好，面也正好醒过来。正准备去包，却觉得这馅深绿浅绿的一片，终还是太单色了些。于是又炒了一个鸡蛋，用鸡蛋的金黄色将这一片绿色岔开，果然就悦目了许多。等到饺子包好直到入口，我忙活了整整一个半小时。第二天打电话给婆婆，追问她让我受这份慌张的缘由，她呵呵地笑了：“昨儿咱们这儿打雷了。正中午打的雷，晴天打雷不好。都说得按人口吃七个七叶饺才能免灾避祸。”

“究竟从哪儿传起的？”

“谁知道。反正是有人这么提了头儿。咱既然知道了，就得去去心病，是不是？”

六

粥是家常的奶。——想到粥，脑子里忽然就蹦出了这句话。这不是别人的话，是我原汁原味自家的话。它蹦出的是那么自然，仿佛一个大馒头，在我心里已经被蒸得恰到时候，一揭开锅盖，就散发出了成熟的气息。

在二十岁之前，我是没有喝过牛奶的。和同龄人聊天，在大多数人的记忆里，牛奶也是个毋庸置疑的奢侈名词。这种底色顽固地打在胃液中，以至于虽然到了已经不缺买牛奶钱的今天，我依然无法随着潮流改弦易张，把它列为当然的主食。到超市很少买牛奶，别人送了牛奶也常常忘记喝，一天一天地在储藏室放着，往往都是到了快过期的时候才去突击，有时候实在不想喝它，就放在卫生间里用来洗脸、洗手，乃至洗澡。——昔日的短缺终于握紧了有力的拳头，带着报复的快感和不安击砸在当下契合的物质细节上。正应了那句江湖老话："出来混，迟早是要还的。"

对我来说，粥就是胃最亲切的衣裳。家常饭里，如果说馍是硬食，面条是半硬食或者说半软食，那粥就是最为温柔的软食。是婴儿停了母乳之后的另一种奶。一日三餐，在我们豫北的习惯里，早晚两餐都是要喝粥的。粥的好处不用说：容易消化，预防感冒，谢绝便秘，美容养颜……用某军阀的话说，简直是"罄竹难书"。但有一点人们却不怎么提起——它节约粮食。所以史书记载曹雪芹困顿之时，"举家食粥"。这时的粥，不是美味，是辛酸。当然，所谓的辛酸也只是对落魄的豪门而言。平头百姓从不曾"朱门酒肉臭"，对粥的喜爱也就是必然的幸福选择：除了少许的粮食之外，粥的另外两个要素就是时间和水。对于穷人来说，这两样都是供得起的。再加上粥那些罄竹难书的好处，不喝粥的人可不就是傻子了吗？

南方的粥自然是米粥。北方的粥自然也与北方大地生养的农作物息息相关。从小到大，我喝得最多的粥无非就是两样：就速度而言，分快粥和慢粥；就颜色而言，分白粥和黄粥。有些像猜谜吧？其实谜底最是寻常：白面粥和玉米粥。

白面粥又名疙瘩汤。疙瘩疙瘩，顾名思义，粥里是一定要有面疙瘩的。这个粥的精华就在于面疙瘩的成色。刚学做这道粥的时候，我总是做不出疙瘩来。一锅粥做好，盛到碗里的不过是一团匀匀的糨糊，用来刷对联或者褙鞋底倒是蛮够。后来在奶奶的言传身教下我才渐渐地领悟了诀窍：关键在水。水必须跟面适量。适量到什么程度？要恰好把面搅稠。稠到什么程度？要恰好用筷子就能把整个面团挑起来。这不太容易。不多不少的水进入旗鼓相当的面后，得把面朝一个方向匀速旋打好一会儿，才能打出一个成功的面团。面团好了，水也开了，一手持碗，在开水的哈气中将碗慢慢靠近水面，让面团缓缓地流入锅里，另一只手拿着勺子，在锅里搅拌——一定要贴着锅底搅拌，不然就会煳锅，那可就前功尽弃了。搅拌的速度对于疙瘩的形状起着至为重要的作用。搅拌得快点儿，疙瘩就成了细细的丝儿。搅拌得慢点儿，疙瘩就成了沉沉的块儿。碗空面尽之后，碗壁上肯定还残留着一些面汁，那就再用清水把面碗泡一下，把泡过的汁水再倒进锅里，既充实了粥锅，又不浪费粮食。再然后，静等锅里的粥汤沸起，粥便成了。前后不过五分钟。

对了，若想要这粥好看些，便须得再打上一两个鸡蛋。鸡蛋磕在碗里朝一个方向旋打好之后，剩下的就只是下锅了。但下锅的方式也有讲究。还是那把勺子，勺子若是拌得快，鸡蛋花就碎，从锅底到锅面，满锅都可见斑斑点点的迎春花瓣。勺子若是拌得慢，鸡蛋花就成了结实一些的鸡蛋片，就有气势了。若是勺子干脆不动呢？那鸡蛋花就简直称得上是规模了。这时候你就看吧，酽酽的一层金菊啊，齐刷刷地铺在面汤之上。若说差点什么，也就是那一股菊香了。小时候，但凡家里来了客，我家的鸡蛋白面粥都是最后一种做法。盛汤的时候，客人自然是第一碗。但见雪白的瓷碗里尽是炫目的金黄，丰盈盈地映照着主家的热诚和客人的贵重。

相比于白面粥，玉米粥就是慢粥了。有的地方又叫棒子面粥，或是大糙子粥。正如闺女、丫头或者姑娘，各地的称呼虽然不同，本质却没有丝毫的不一样。而在我们豫北，甚至在我所知道的河南，玉米粥还有一个别致的称呼：糊涂。郑州有一家粥店的名字就叫“糊涂王”。

糊涂又分细糊涂和粗糊涂两种。玉米磨下来，细的是玉米面，粗的是玉米糁子。用玉米面熬出来的就是细糊涂，用玉米糁子熬出来的就是粗糊涂。两样糊涂都一样费时间。从水开下料到糊涂熬成，至少得半个小时。食物的香气都是有脚的。糊涂自然也是一样。从下锅不久，它的香脚就开始从锅里迈出来散步了。它的脚步声我是多么熟悉啊。细糊涂的脚步声要轻些，要淡些，要雅些，像读过书的小家碧玉。而粗糊涂的脚步声呢，要重得多，厚得多，野得多，像泼天辣地的柴火妞儿。——没错，我的秉性就是更喜欢粗糊涂。它可真是顶顶粗的粗粮啊，每当端起一碗香热的粗糊涂送入口中，任它一寸一寸地吻过我的舌尖和喉咙，仿佛小小的金色粗布包裹我可怜的肠胃——是的，肠胃在它喜欢的美味面前就是可怜的，如同单相思的情人——我就像被小小的爱情照耀一样陶醉无比。

半个小时是底线。时间再长些，就会熬得更香些。但再长也有上限，不能超过一个小时。过了一个小时就会煳锅，那就成了煳糊涂——煳得糊涂了。

当然也做过很多别的家常粥：大米粥，小米粥，大米小米掺和在一起的二米粥，大米小米紫米绿豆掺和在一起的杂粮粥，银耳百合粥，冰糖银耳莲子粥，野菜粥，南瓜粥……粥粥不同，粥粥有道。但我最喜欢的，还是糊涂粥。喜欢它的香味，也喜欢它的名字。这个名字是它另一种虚拟的香。我甚至觉得，只有这个名字才最能言说出粥的真谛。难道不是吗？但凡是样东西，也不论是几样东西，只要是能入口的，放在锅里熬到了时辰，就都成了调养肠胃补气润肺的糊涂。粥的包容、周全和宽泛都被糊涂这个名字一收而尽了。——这个糊涂不是郑板桥“难得糊涂”的那个糊涂。郑板桥的糊涂是太聪明太清楚太文化了。而我碗里的这个糊涂呢，它就是一种本分的厚重，就是平常日子里那种时时可见、处处可得的绵长和踏实。或者说，它就是说不清道不明的日子本身。喝着它，就如同喝着又稠又稀、又密又疏、又紧又松、又宽又窄的日子。一天天，一顿顿，糊涂喝进了肚，可怜的胃也就有了底。

七

有些家常饭不是在家里做的，但做出来的确实就是家常饭。比如食堂。食堂又因身份的不同而分出了学生食堂和工作食堂。因多年的学生生涯，我吃过的就只有学生食堂。托学生食堂的福，我习惯了吃米，并由习惯逐渐衍生出了喜欢。学校食堂为了省事，最寻常的主食也就两种：以南方口味为主的是大米；以北方口味为主的是蒸面。这两种都是用大锅来做，是在同一时间段可以供多人平等共吃的最不用等待的集体饭。但食堂的米都偏硬，大约是为剩米的用途留出余地：硬大米好熬粥，也好做扬州炒饭。而我个人的口味里，更爱的是软大米饭。相比之下，刚刚出锅的软大米饭又是最好吃的。每当家里做好了米饭，我必定要拿勺子先挖一口，美其名曰尝尝生熟。这话一琢磨就是混账：哪有不熟的道理呢？我只是喜欢大米刚刚蒸熟时那沁入肺腑的鲜香。等我自己成家之后，做米饭时便有所独创：将花生铺在米上，等蒸熟时上层的米色便成红的了，吃起来自然有一种花生香。还曾放过芝麻、绿豆等物，当时自感得意，家人只嘲笑我将白米饭做成八宝粥了。我也渐渐地觉出还是本色的米香最好，花生、芝麻、绿豆，也还是各自的本色香最好，便不再生发新花样，老老实实地做起白米饭来。

还曾吃过两年特别的学生食堂：2006 年至 2008 年，我在上海读了一个作家研究生班。进修地驻扎在青浦区一个名叫西岑的小镇上，前身是一所敬老院。和我们朝夕相处的门房夫妇和几个食堂师傅便也都因地制宜，是土生土长的“本帮菜”。那些食堂的师傅真是可爱啊，他们的厨师帽永远是白白的，围裙也永远是白白的，手艺很好，也很敬业。每一顿饭都准备得那么精心：早餐是煮鸡蛋、阳春面。每顿午餐都有鱼。学校附近就是淀山湖，多的是鱼。师傅们做得尽量不重样：油炸，红烧，清蒸，都很好吃。院子很大，门房夫妇怕空地闲着可惜，就种上了蔬菜，我们吃的菜就都是最新鲜的了。最让我难忘的还是师傅们做的大馄饨，春天开班的时候，我们就能吃上。那时候，田野里的荠菜刚刚下来，他们采了来，一棵一棵地择净，做成大大的菜肉馄饨，那种白嫩清香，那种晶莹碧透，简直是无可形容。我必须公允地说，在学校给我们提供的生活费定额之内，他们做出了最好的饭菜。在我所有的学生食堂经历里，这个小镇的师傅们所做的食堂餐质量是当之无愧的冠军。

八

还有一种家常饭，就是小吃。其价廉物美，好学易做，具有超强的普适性，就是典型的家常饭的本质。人们之所以习惯把它和家常饭区别开来，不过是因为从方式上看，它是被家外一双更熟练的手做出来的而已。比如西安的羊肉泡馍，比如贵州的牛肉粉，比如新疆的馕，比如北京的切饼。

我在北京有一闺密，每到京必在她家小住。粥和菜都是在家做的，只有饼在外面买——她从不做饼，我也懒得铺开摊子做。我们寻常吃的就是她家小区门口的切饼。那切饼的规格全北京都一样：不厚不薄，超大特圆。它没有家里做的葱花油饼那么香酥，那么复杂，只有淡淡的一层豆油弥漫出一种清香的味道。如果恰巧买到刚刚出锅的切饼，那股豆油香就会因为鲜热而变得浓一些。两块八一张，还可以分开要，横切一刀竖切一刀分成四份，每份七毛。并不因为少要就贵、多要就便宜，非常公允。就着切饼吃粥，一软一韧，口感挺好，再配着海带丝绿豆芽之类的凉拌小菜，卷在饼里吃，那就是简素中的一种华丽了。

我住的小区紧挨着郑州北区的城中村黄家庵。城中村白天看起来是城市的一块癞头疤，到了夜晚却像一朵奇丽的玫瑰花：每栋楼都镶着霓虹灯，因此楼体都是色彩斑斓的，简直可以称之为光污染了。而在狭窄的路面上，同样也是彩光闪耀：那些流动的夜市小摊的灯便汇成了一条明亮的灯河。依次去查看这些小摊，简直就是一个河南地方小吃大全：开封的炒凉粉，南阳的砂锅，西华逍遥镇的胡辣汤……还有以姓氏命名的各家美食：曹记冰豆，后面注释：第十九代；李记炒酸奶，旁边注释：独此一家；香嫂凉面，旁边注释：已经九年；王记烤面筋，旁边注释：中原一绝……真个是百家争鸣，百花齐放，色色齐全，美不胜收。

在这些小摊里，有很多刀削面的摊子。三块钱便可享用一碗。老板兼任厨师和伙计。看老板一手把面扛在肩上，一手拿着刀，隔着一段距离，一片片地将面削进了锅里。整个过程很安静，没有声音。但每当看到老板的动作，我就会暗暗在心里给他配音：噌噌噌，噌噌噌，噌噌噌啊噌噌噌。火很大，面很快就要煮好了，这时候再往锅里放青菜，青菜在锅里打个旋儿，叶子软了，颜色却因水色而更加鲜碧。这时候漏勺就下锅了，将白面和青菜一起捞进暗红色的海碗里，有需要过水的便再过一下水，过水用的水须是放温了的开水，这样的面才会在筋道的同时避免了生硬。面好之后就是浇卤，卤又分素卤和荤卤。荤卤无非是大肉或牛肉，素卤无非是鸡蛋和香菇。无论荤素，卤的颜色都比较重，类似于酱油色。于是，当面端到眼前的时候，便是这么一幅情形：暗红色的大碗，雪白的面缠绕着绿生生的菜，白面绿菜上又浇着一团圆圆的暗红色的卤。碗的暗红和卤的暗红一大一小，仿佛是一种有趣的呼应。看到这样的面，我总是要多停那么一两秒才动筷子——不太忍心去破坏了这幅图呢。

但最多的摊子还是麻辣串摊子。生意好得不得了。因为好吃也好做的缘故，所以供需两旺。一般的摊子都是两个人招呼就够了。大约两米长一米宽，中间是三个热气腾腾的长方形汤池，汤池下面都坐着煤球火，并排三个火眼。汤池里面泡着麻辣串。其中中间的汤池是清汤，是为那些不吃辣的食客准备的。麻辣串都是些什么物件呢？无论荤素都是五毛一串。先说荤的：鸭肠、鸭血、猪肝、猪肺、鸡头、鸡胗……既要是肉，又得耐煮，那么就是这些杂碎最合适不过了。羊杂碎固然是美味，但因为它的味道过于强大，也只好被这些摊主忍痛割爱。素的呢，就多了，有海带头、油豆腐、面筋、鹌鹑蛋、木耳，现下的有各种新鲜蔬菜，有米线、烩面和粉丝。还有些说不清是荤还是素的东西，也就是半荤半素吧：鱼丸、虾丸、蟹棒之类的，有些肉的味道，却是素的口感。还有一种最让我感觉奇怪的东西，他们都叫它干贝丝饼，圆圆的，是用面做的，面里却揉进了玉米粒，还有鱼的感觉，还有胡萝卜丝和大青豆，很好吃，也是五毛钱一个。粉丝一般分两种，是一坨一坨的干粉丝，一坨算一个。有五毛钱一个的和一块钱一个的。我问老板娘区别在哪儿，老板娘简洁地回答我："贵的好吃，耐煮，费火。"我要的是一块钱的那种，老板娘将粉丝下进汤中，然后将两个竹签放在我的盘子边。儿子要的烩面也是一块钱一份，老板娘将面扯好，放进汤中，也把两个竹签放在了儿子的盘边。吃麻辣串的算账方式是查串儿，将吃过的串儿放在自己的盘子边，吃过之后点数即可。每个摊子都备有芝麻酱和蒜汁，食客可以根据自己的口味取用。

我们常吃的这家摊子叫重庆正宗麻辣串，老板娘是一个很精干的少妇。她经常是很忙碌的，偶尔闲下来，也会和我聊几句。我问她用煤球费不费，她说："费得很呢！一天要烧几十块。"我点头，她马上强调道，"不是烧几十块煤球，而是要烧几十块钱，你听明白了没有？几十块钱呢。"

"昨天熬到今天早上六点才收摊，睡了四个钟头就赶紧起来进货，穿串儿，累死了。"那天，她正发着牢骚，却突然停止了，兴致勃勃地看着我背后。我转身看见一对卖烙饼的夫妇收摊之后正好路过，她大声和人家打招呼："回去啊？""回去。"女人恹恹地说。等他们夫妇进了黄家庵的一条小巷，她才告诉我："方才，那男的打那女的打得可欢了，他不让那个女的管钱，说女的收了钱不给他，两人就打起来了，把烙饼都掀了一地。嘁，还有这种男人？跟着这种男人，辛苦不算，可是倒了血霉了。"她边说边笑，有些叹息的意思，可更多的却是相比之下对自己的知足和满意。

然后她系了系自己的围裙，又忙碌了起来，在忙碌中，她还哼起了不知名的小曲。

九

一天整理书架，偶然翻到一本俗语书，便找到了"吃"字：吃江水，说海话。吃惯了梅子不怕酸。吃烂肉不找小锅。吃苦瓜蘸黄连。吃亏就是占便宜。吃饭拣大碗，上场拣小镲。吃秋不吃夏，吃夏不吃秋。吃人四盘菜，还人十大碗。吃人心肝不觉疼。脸皮厚，吃个够；脸皮薄，吃不着。你拿自己当根葱，谁拿你炝锅呀！……

还有歇后语：吃瓜子儿——半吞半吐。吃萤火虫——心知肚明。吃灵芝草——一心成仙。吃了三天斋，就想上西天——功底还浅。吃啥样拉啥样——没话（化）。吃生盐聊天——讲闲（咸）话。吃了算盘子——心里有数。……

与吃相关的字还有饭、锅、柴、米、油、盐、菜……每个字都可以衍生到吃上，真是多啊。中餐西餐，南餐北餐，大餐小餐，活着就要吃，民以食为天。这是最朴素的准则。而在这一餐一餐的饭中，不知从什么时候起，我开始渐渐感觉到了嗅觉和味蕾的死亡。没错，它们不是一下子就死去的，是慢慢死去的。如人的生命一样。时间是一只巨大无比的碗，我们都是碗里的饭。饭不是在最后一口被吃净时才死去的。从饭入碗那天开始，饭的死亡仪式就已经揭幕了。一点一点滞涩起来的腿，一点一点昏花起来的眼，一点一点松动起来的牙，一点一点深密起来的皱纹，一点一点爬升起来的血压，一点一点加厚起来的脂肪，一点一点僵硬起来的笑肌，一点一点警惕起来的话语，一点一点关闭起来的情思……被岁月熬着，被时间熬着，一锅锅的大粥里，有几颗是煮不烂、砸不扁的铜豌豆？

但还是要吃，还是得吃。只要活着。只是吃得越来越不复本色的单纯和尽兴了。在吃时也会快乐，吃饱了之后却往往会有些沮丧和难过，觉得自己似乎对不起那些食物，有隐隐的堕落感。偶尔清饿一天，就会有莫名的喜悦，似乎自己离尘世俗不可耐的烟火远了些，且远得心安理得。至于为何心安，如何理得，倒是一直混混沌沌，不怎么明白。——胃是一只大碗，它想吃的就是扎扎实实的饭。心也是一只大碗，它想吃的到底是什么呢？

一把花籽

这个八月，怀着对《牡丹亭》的想象，我走进了遂昌。遂昌是汤显祖待过五年的地方。四百多年前，这个男人来到这里，做了五年县令。1598 年，即万历二十六年，仕途一向失意的他主动向吏部递交辞呈，不等批函回复就拂袖而去，回到了家乡临川，自此再未复出。也就是在这一年，艳绝于世的《牡丹亭》成稿。《紫钗记》《牡丹亭》《南柯记》《邯郸记》，是他的“临川四梦”。他说：“一生四梦，得意处唯在牡丹。”

作为春天的花朵，牡丹没有开在遂昌，但作为文学的花朵，《牡丹亭》在遂昌却几乎处处流芳，包括手里的这本《遂昌行游记》。这是我见过的最有文学品位的旅游指南，没有之一，就是最。游记里把遂昌按五行里的“金木水火土”进行宏观架构：金是金矿，木是山林，水是温泉，火是红色历史，土是乡村。每个章节都是《牡丹亭》里的词牌名：绕地游，步步娇，画眉序，破齐阵，山桃红……而起首的序，居然是《牡丹亭》的词句“是哪处曾相见，相看俨然”。

——是哪处曾相见？

那一处，是在红星坪吧，在通向酒店的一条路上。那条路，左边是水稻田，右边是荷花池。水稻田里，修长挺拔的碧绿水稻叶衬着沉重饱满的黄绿长穗；荷花池里，亭亭如盖的荷叶衬着一池子刚刚打苞的荷花骨朵儿——全都是粉白的荷花骨朵儿，水灵娇嫩极了。荷塘和稻田传来一阵阵清脆的蛙鸣，似乎在欢迎我们的光临，又或者是在吐槽我们的打扰。酒店就在村子旁边，可以闻到村妇炒辣椒的香气。路很窄，似乎是很久以前乡村的路，一直没有修。我希望它一直不要修，希望不要有太多人来。人一多，就是伤害。

还有一处，是在某天途中短暂休息的地方。那地方叫什么已经记不得了，只记得我们要上卫生间，车便停了下来，指着一排房子让我们去。那是一溜儿农家房舍，家家都开着门，家家门前也都有一块菜地，菜地再过去是一个凉棚。一些老太太就在凉棚里闲坐，听到声响便齐齐地看着我们。菜地和凉棚之间有一条路。我们顺着路分散开来，去各家各户的卫生间，有的家里没人应答，老太太们却还是笃定地指着让我们进去，一点儿都不防备和警惕我们这些陌生人。

我去的那家是有人的。一个房间里传出来哗啦啦的洗牌声，俨然在打麻将。我上完卫生间，在他们家的客厅稍作停留，想听听他们打牌时的闲话，却看见墙上贴着一张横长的红纸，起头是“曾洁、张琴结婚花烛日婚宴承蒙亲友帮工鸿名在上”，后面便是司点、司茶、司酒、利喜、礼客、账房、走堂等若干分工展示。落款日期是二月份。二月份结的婚，八月了这纸还在墙上好好地贴着，可见珍爱。正看着呢，从打牌的房间出来一个中年男人，和我聊了几句，告诉我这喜宴是为女儿办的，女儿小日子过得很好。然后他看着墙上的字，对我说："这字写得好。"我笑。嗯，这字真是写得好，规规矩矩，周周正正，一副诚意过日子的模样。

出来门，我们和老太太们闲坐。她们的话我们不大听得懂，但她们都大大方方地笑着，这些笑容是到哪儿都能懂的。她们的笑容映着花——七叶花——在西藏叫格桑花，这些花，开在哪里都是一片明媚的阳光。还有一些花是我最眼熟的，叫指甲花。很久没有回乡下，没有看到指甲花了，很亲切。我便采起花来。采花总是让人有负罪感的，但指甲花除外，因它有比观赏更可爱的实用性，似乎天生就是让人采的。

在乡下的时候，我是每年都要种指甲花的。指甲花多好啊。泼皮，结实，春天撒下种，风风雨雨的就不用再操心，不几天就出了两芽嫩嫩的翠苗，出了苗儿，就一天一个样，像女孩子的身子一般，葱葱茏茏、苗苗条条地，就长起来了。等到了初夏，叶子就抽得细细的，长长的，叶子根那里就打起了绿色的小苞，这时候，就该开花了，一开就是一个长夏。开起花时，白的，粉的，黄的，紫的，大红的……这些花都是好看的。当然，更好看的，是这些个指甲花开到了女孩子们的指甲上，一开也是一个长夏。不过，日子是有脚的。在人身上有脚，在花身上也有。过了立秋，指甲花明明还艳艳地开着，那红却成了空的，染到指甲上怎么都不上色了。然后，花样子也渐渐地空了，开得渐少，渐败。秋分之后就开始打籽，霜降之前，籽儿就一个个结牢实了。

我一朵一朵地采着，一会儿就采了一捧。一个瘦弱的老太太先是看着我采，后来也走到花丛边采了起来。可能是看我们采花她有点儿心疼吧，我想。她边采花边指着叶子说，这个叶子也是可以用的。我点头。这个我知道。曾以《指甲花开》为名写过一篇小说，爱情小说，查到过一些指甲花的资料。它的性味归经：甘，温，微苦，有小毒。它的别名：指甲草、染指甲花、凤仙花、小桃红、透骨草。而它的叶子捣汁外敷，可以活血化瘀，利尿解毒，通经透骨，软坚消积，祛风止痛，亦可用于闭经难产，跌打损伤，瘀血肿痛和风湿性关节炎。指甲花种子含皂苷、脂肪油、甾醇、多糖、蛋白质、氨基酸、挥发油，亦为解毒药，有通经、催产、祛痰的功效。

要走了，老太太朝我示意。我上前，她把手里的花递了过来。我接过去，感受到她手的温热。然后老太太又让我停一停，去采花籽。指甲花的籽儿也很有趣，如果不动它们，它们就严严地被裹在一个绿色的圆团籽苞里，这个籽苞嫩绿嫩绿的，看起来像没开的花苞。采的时候，要格外小心地从籽苞根处下手，连带整个籽苞都采下来，这样就省事了。如果稍一粗鲁，触到了苞身，那可就难收拾了。籽苞在你触到的一瞬间便会爆裂开来，如一枚小小的炮弹，炸出了无数的籽儿。有的籽儿落到地上，有的籽儿落到花枝上，有的籽儿则落到你的手里和衣服上，而那张包着籽儿的嫩绿皮呢，也顿时蜷缩起来，如同一颗瘪了气的心。这可算得上是个小小的技术活。老太太采得轻巧敏捷。采好之后，她小心地择去杂质，一把花籽被拾掇得干干净净递给我。我早已腾出来一只手，恭恭敬敬地接住。这一把小花籽，黑黑的，褐褐的，圆圆润润，结结实实。真是一把漂亮的小花籽啊。

上车之后，我回头，老太太还在目送着我，沉默着，嘴角略带着笑。“是哪处曾相见，相看俨然”，这个慈爱的老太太，她也是我“相看俨然”的一个。

临别遂昌的前夜，我们在县城的一家茶馆看了《牡丹亭》，不是全本，只是很微小的一部分，连一折都不到，不过是最脍炙人口的“游园”几句。全是旦角。杜丽娘有好几个人演，春香却只有一个。一个小小的丫头，给这个杜丽娘配完戏又去给那个杜丽娘配，虽是一句唱词没有，眉梢眼角却始终是饱盈盈的天真欢悦，恰似一朵初绽的牡丹。看到她，不由得想起自己年轻时的样子，那种懵然纯净，也是“相看俨然”。

人到中年，逐渐懂事，在游历的时候，我已经越来越习惯透过风景去体味更多。手里握着老太太赠送的一把花籽，我已然觉得这花籽若是种在了我的花盆里，若是来年姹紫嫣红开遍，那便可以叫作小春香，可以叫作杜丽娘，也可以叫作那个不知名的老太太；可以叫作牡丹亭，可以叫作汤显祖，当然也可以叫作遂昌。

红豆生南国

一

词语常常是有出身的，有的出身柴扉，有的出身朱门，有的出身勾栏瓦肆，有的出身钟鸣鼎食。而有的，仅仅出身于美，比如丹霞。我从不曾想过“丹霞”一词的初始之处竟然是曹丕的《芙蓉池作诗》：“丹霞夹明月，华星出云间。”这诗早就读过，却以为丹霞一词在这以前已经自然而然地有了，不知道这里居然就是丹霞的出身。

真是好出身。

词语常常也是会成长的。由史料看丹霞的成长，也是蛮有趣的事：一九二八年，获美国哥伦比亚大学地质学硕士学位的矿床学家冯景兰在丹霞山注意到了被风化侵蚀得千姿百态的红色沙砾岩层，便将其命名为“丹霞层”。一九三八年，构造地质学家陈国达把这种红色岩层上发育的地貌称为“丹霞地形”。一九七七年，地貌学家曾昭璇第一次把“丹霞地貌”按地貌学术语来使用——丹霞地貌由此定格。二〇一〇年八月一日，经联合国教科文组织世界遗产委员会表决通过，广东丹霞山与贵州赤水、福建泰宁、湖南崀山、江西龙虎山、浙江江郎山共六个丹霞地貌风景区，以“中国丹霞”名称列入《世界遗产名录》。由此，“丹霞”一词位列仙班，由江湖之远登临于庙堂之高。

看着资料中六个丹霞成员名字后面小括号里的标注，我觉得格外有趣：贵州赤水（青年早期），福建泰宁（青年期），湖南崀山（壮年早期，青壮晚年丹霞地貌均有发育）……呵呵，丹霞居然还在发育，还能发育，还像人一样根据发育状况来界定青壮老年。

广东丹霞山是壮年期——最为成熟最为圆融也最有味道的壮年。

忽然想，正值壮年的丹霞山，它应该像人一样，也会有情爱吧？它情爱的信物，又该是什么呢？阳元石和阴元石是不是呢？

二

那一天，我们去看了阳元石，又去看了阴元石。

阳元石，阴元石，一男一女的生殖象征物。我一向不喜欢导游们那些牵强附会考验低端想象力的介绍：这个像什么，那个像什么……好在到了阳元石和阴元石那里，他们都沉默了下来，不再去循循善诱。

这两个地方，是该沉默。

它们不是像不像的问题。它们本身就是。

不由得想起《红楼梦》里的一段。第三十一回，湘云和丫头翠缕聊天。翠缕道："这荷花怎么还不开？"湘云道："时候儿还没到呢。"翠缕道："这也和咱们家池子里的一样，也是楼子花儿。"湘云道："他们这个还不及咱们的。"翠缕道："他们那边有棵石榴，接连四五枝，真是楼子上起楼子。这也难为他长！"湘云道："花草也是和人一样，气脉充足，长的就好。"翠缕把脸一扭，说道："我不信这话！要说和人一样，我怎么没见过头上又长出一个头来的人呢？"湘云听了，由不得一笑，说道："我说你不用说话，你偏爱说。这叫人怎么答言呢？天地间都赋阴阳二气所生，或正或邪，或奇或怪，千变万化，都是阴阳顺逆。就是一生出来，人人罕见的，究竟道理还是一样。"翠缕道："这么说起来，从古至今，开天辟地，都是些阴阳了？"湘云笑道："糊涂东西！越说越放屁！什么'都是些阴阳'！况且'阴''阳'两个字还只是一个字：阳尽了就是阴，阴尽了就是阳；不是阴尽了又有一个阳生出来，阳尽了又有个阴生出来。"

相比于翠缕，湘云是知识分子，话繁复，道理多，说得玄，说得深，说得巧，说得妙。可是我这个乡下丫头还是觉得翠缕的总结更投自己的脾气——这大千世界，无非阴阳。

于是，看着阳元石和阴元石，我只觉得丹山碧水，红绿参差，阴阳对照，至柔至刚。而这阴阳都是如此天真、明澈、朗健、大方。各具其美，让人敬畏。

据说有诗如此歌颂阴元石："一朝发现游人涌，原来此物出英雄。"——英雄不英雄的倒不打紧，只是阴阳相谐诞生出了一个又一个有血有肉有呼吸，能爱能恨能悲欢的鲜活生命，因了这些生命，这世界才是这般紫陌千层软红十丈，令我们爱恋和歌哭。

这才是最重要的吧。

不过，要论起情爱的信物，阳元石和阴元石都不能算吧。它们都只是情爱的工具。

那么，红豆该算吗？

三

红豆生南国，
春来发几枝。
劝君多采撷，
此物最相思。

王维的《相思》，我觉得非得如此一句一排版才能表达我的喜爱。如果不分眉眼地把这首诗排到一行去，简直就是对它的亵渎。据说这是唐朝的梨园弟子最爱唱的歌词之一。天宝之乱后，李龟年流落江南，经常为人演唱它，听者无不动容。

一千多年后的我，每次读到它，也无不动容。

红豆生南国，南国有红豆，丹霞在南国，因此从逻辑上讲，丹霞便有红豆……忽然想：如果以天神四海八荒的视角向下俯瞰，以丹霞山的色泽、形状和规模，它该是南国——不，也许是中国——最大的一颗红豆吧。

张爱玲在《白玫瑰与红玫瑰》里形容一个人爱恋另一个人："红的却是心口上的一颗朱砂痣。"

丹霞山可是南中国心口上的一粒朱砂痣？是谁因它起了相思？

四

事实上丹霞山确有红豆。那天，夜色中，灯光下，我在阳元村一家名叫“红豆兰庭”的小店门口穿红豆。一根细得不能再细的铁线，一根红丝线，一把打了细眼的红豆，就是全部的物事。我一边慢慢地穿着，一边听着年轻的店主——也是阳元村的支部书记——讲着他和一个湘妹子因红豆结缘的故事。那个湘妹子，现在已经成了他的妻子，他们也已经有了红豆公主。

他不大会讲，有些笨笨的口音。我也不大会穿，笨笨地捏起一颗又一颗红豆……《大长今》里有一个情节，古时深宫的御厨房，为了训练宫女们的手感，就让她们练习把松针穿过松子——松子里有一个天生的很小的孔。最聪明的宫女很快就领悟到：最好的方式是盲穿，也就是不看松子，也不看松针，而是凭着意念用松针去寻找松子的孔，然后穿过。

其实，说到底，只有一个要求：心静。心静如水时，心上便有一双明眸。再细的小孔在这样的明眸里，也是大道通途。

我功力不达，心自难静，于是只能看着红豆上的小孔，一颗一颗地把它们穿过。终于穿好了二十一颗红豆，两颗做垂饰，十九颗是正饰。十九是“要久”，二是“成双”，二十一是“爱你”，我自己给自己如此解释。有朋友评说这种数字迷信：“是不是很无聊？我们的无聊无可救药。”可是，以红豆的名义，此时，我就是喜欢这种无聊。

怎样？

心再不静，穿红豆的时候，因想着一个人，我也有些入了禅。一边相思一边入禅，这真是有些不可思议。可是，谁说相思不是一种禅？爱不是一种禅？

爱是修行。是这人世间最大的修行。而在这场大修行中，小小的我，竟不知该如何把自己的爱对他相告：怕重，怕轻，怕高，怕低，怕俗，怕雅，怕文艺腔，怕家常调……那就不说吧。让这丰盛结实的爱，尽沉默于这红豆中，炼成既寻常又绚烂的信物——不，这红豆不赠出去，所以也不能算是信物。

忽然想：要什么信物呢？情爱本身难道不就是最好的信物？

信在心中，无物也罢。

对话，有关椰子和椰树

一

那天晚上，作为一个第一次到海南的北方人，在海口的骑楼老街，我吃到了生平第一只椰子。在海口，这样的椰子摊处处可见。黄的，绿的，黄红的，黄绿的，深绿的，嫩绿的……椰子一堆一堆地码在一起，体积硕大，沉着饱满，那种情态和阵势，像极了北方的西瓜。别的水果和它们比起来，简直是相形见微。

我蹲在那里，看老板娘砍椰子。她举着砍刀，梆，梆，梆，真是大刀阔斧。三下五除二，椰子就被砍出了一个小口。她把吸管插上，递给我。我又把吸管拔出来，看着小口处隐隐闪现出来的清亮汁液，那汁液，像是翡翠深处晃动的露珠。

喝到椰汁的第一口，我很惊诧，怎么是这种味道？淡淡的甜，淡淡的清，淡淡的爽，淡淡的顺，淡淡的滑，淡淡的香……

“椰汁……是这样的？”我问朋友。

“可不就是这样的？你以为是什么样的？”

“我以为，会像牛奶一样……”我没好意思说我以为会像电视上的椰奶广告做的那样，是稠糊糊的牛奶状。我想象中的椰汁，一直就是那样。唉，都是广告下的毒啊。

朋友笑：“好多人都以为椰汁是那样的。”

我释然。原来不是我一个人蠢。之后又不觉辛酸起来：原来被广告下毒的人，是这样多。

“多少钱一只，老板？”

“五块。”

我暗暗惊叹。这真的太便宜了。原想着怎么也得十块以上呢。

“一只椰子，你们能挣一半吗？”

“挣不到。椰子是不贵的，但是运进城要转好几次手，就贵起来了。一只赚不到两块钱。”

那真是太少了。

不过，好在椰子很多。好在吃椰子的人也很多。

“以前，我们的椰子都是捡着吃的，根本不用花钱。”朋友说，“后来，就要五毛钱，一块钱，一块五，两块，三块，四块，五块。到三亚那边的会更贵一些。但无论如何，我都觉得，它是值得的。”

喝光了椰汁，再吃椰蓉。老板就继续用刀砍，只听大大地“梆”了一下，椰子一分两瓣，雪白的椰蓉露了出来。老板又拿出一把小小的特制的弯刀，唰唰唰地把椰蓉挑了出来。然后呢，就吃吧。椰蓉也根据软硬的程度而呈现出不同的口感。硬的像萝卜丝，软的像豆花，不软不硬的像老豆腐。所有的椰蓉，都有一种淡淡的奶味儿。

我明白过来：电视广告里说的椰奶，就原料的意义而言肯定说的就是椰蓉。

二

那天，我们抵达文昌。这里到处都是无边无际的椰子树。村庄，田野，城镇……都被椰子树环绕着，簇拥着。椰子树成了森林，海一般的森林。

“海南椰子半文昌，文昌椰子半东郊。”朋友说，“这名头可不是虚传的。”

晚上，我们住进了椰林深处的一处度假村。在大堂等房卡的时候，朋友又喊着去吃椰子。在酒店的大堂门口，就有一个服务员在专卖椰子。

“明天上午我们去吃刚从树上摘下的椰子，一定更好吃。”朋友说。

为什么呢？

“你想一想，一天里，你什么时辰精神最好？是不是早上？”

可是，和椰子好吃有什么关系呢？

“椰子也和人一样，睡了一夜，精神就会更好。椰汁的质量当然就更高。”

我看着那高高的椰子树。我们正坐在椰子树下。事实上，在这里，想不坐在椰子树下都不行。

“椰子要是熟了，会自己掉下来吗？”

“会。”

“会砸到人吗？”

“不会。”

“如果椰子树下正好站着人呢？”

“那也不会，”朋友比画出一个曼妙的抛物线，他从来没有那么幽默过，“椰子会躲开人再掉下去的。”

“为什么？”

“因为椰子有灵性。再说它也和人签了合同。”

“万一砸中呢？”

“不会。”

“万一万一呢？”

“那一定不是椰子的问题，而是人的问题。”

我们一起笑。是啊，椰子有什么问题呢？一定是人的问题。

三

那天，和朋友在万泉河漂流的时候，两岸不时闪现出极少的椰子树，都是一株两株孤零零的，看着很是寥落和可怜。

“这些地方肯定都没有人家。”朋友说，“你注意看吧，有人家的地方，椰子树就会长得很好。有人家的地方，也一定会种椰子树。有很多地方，结婚的时候要种夫妻椰，生孩子的时候要种子女椰，迁新宅的时候要种地界椰。”

“是因为人会特别照顾它吗？”

“也不需要特别照顾。只是椰树需要这种人气。有人气的地方椰子树才有兴致长。它们就像女孩子，需要人们来欣赏它们，人们欣赏了它们，它们就会越长越精神。不然它们就觉得好没有意思。椰树们聚集在人们周围，长着长着还会比起来。你长成这样，我就长成那样。你长这么高，我就长那么高。你结了这么大，我就结那么大。你是这个味儿，我就是那个味儿……人呢，要乘椰树的阴凉，吃椰树的果子，自然也需要椰树的树气。要说照顾，人和椰树是互相照顾的关系。——人养椰，椰养人，是互相养的。”

在我的老家豫北，有一种说法，是人养房子，房子也养人，也是互养的。原来在海南，椰树就是房子——高高的，绿色的房子。

“我老家院子里，我妈也种了几株椰子树。它们都长得很好。种下来我妈几乎就没有管过它们，不用浇，不用修，不用捉虫子，还管什么？唯一算是管的，就是每年会给它们的树根下埋上二三两盐，这就是它们一年的肥料了……要是长在海边的椰子树，连这点肥料也不需要。”

那天晚上，我们照例吃了椰子。那个椰摊所在的地方是一个丁字口，在丁字的横竖交叉处，是一个天后宫，也就是妈祖庙。在竖的尽头，搭着一个戏台。戏台最上方挂着一个大红横幅，喜气盈盈地写着两行字，上面是“纪念妈祖诞辰 1053 周年”，下面是“举行传统海南琼剧会演活动”。而在妈祖庙的门口也挂着一个黄色横幅，上面写着“隆重欢迎湄洲妈祖祖庙分灵翡翠妈祖驻跸海南”。

我们拍下它们。微笑。

坐在妈祖庙前，我们一边吃着椰子，一边远远地看着戏。深蓝的夜空下，那个舞台流光溢彩，每个人物都光鲜可人，听着他们拖着长长的腔韵唱着我一句也听不懂的琼戏，我觉得如同梦幻。

那天晚上的那只椰子，我吃了很久。看着许多人来来去去，我和朋友就那么坐在那里，慢慢地吃着。梆梆梆的砍刀声不时响起，砍好了，食客们就抱着椰子坐下来，用吸管慢慢地喝着——很少见到有人抱着一只椰子在大街上边走边吃，那实在是太沉了。

四

那些天，在海南，口渴的时候，我没有喝过椰子之外的任何饮品。

“喝那些干吗？不是有椰子吗？”

“那就一直吃椰子？”

“当然。来海南，你不吃椰子不是傻吗？”朋友不容置疑，“椰汁是天上的水。地道的海南人都喝椰子。没有比这更好的饮料了。这是老大赐给海南最好的礼物。还有什么能比这个更好？”

是啊，还有什么能比这个更好？这是真正的纯天然，无污染，绿色的，健康的，天上的水。我看着高高的椰子树，应该都有二十多米高吧？谁会爬上去给它打农药呢？何况椰子根本不需要。那是对椰子的侮辱。

它是有固定容器的甘露。

它是有特别杯盏的甘霖。

那么，别无选择了，椰子。于是，一只椰子，一只椰子，又一只椰子。于是，越喝越爱喝，于是，越爱喝越喝。于是，几乎是贪婪地喝。

“你知道你为什么这么喜欢椰子吗？”那天，朋友悠悠地问。

“椰子好呗。”

“因为你和椰子很有缘。”

“怎么有缘？”

“你看你，脑袋圆圆的，脸盘圆圆的，眼睛圆圆的，本身就是一只好椰子。”

那天，我们住在博鳌镇的玉带湾酒店，一进房间我就看见有一只椰子在尽心尽意地等着我。它已经被打开了，但开口那里还羞涩地掩着。我把开口彻底打开，插进吸管，深深地喝了几口，沉沉睡去。第二天早上醒来，我又抱着椰子咕咚咕咚地喝了起来。听着吸管的声音，我知道里面的椰汁越来越少，越来越少。那些椰汁都进入了我的腹中——真的感觉自己成了一只椰子。

五

那天，在潭门镇看砗磲，天气大热。看见了炒冰店，就和朋友去吃炒冰。我们要的是杧果炒冰——这杧果是货真价实的杧果，而不是化学元素变出的水果精，味道真是好。炒冰端上来，上面白白的如萝卜丝一样的东西吸引了我，我先挑了几根吃下去，觉得这东西是如此熟悉。于是想了又想，想了又想，终于想了起来：是椰蓉。

第二天的早餐，又见到了椰蓉。它被卷在了一张张薄薄的面皮里。丝切得很细，看起来很秀气，都有些不像它了。但我的味蕾已经和它成了好友，在触到的第一个瞬间就确认了它的本质。我似乎听见我的味蕾在说："是你呀？"而椰蓉也喜悦回答："是我。"

"椰蓉和椰汁不用说了。因为这两样，人们没什么吃的时候就吃椰子，有什么吃的时候还吃椰子。椰壳呢，你也看见了，能做很多工艺品，还能做乐器，还能做活性炭。椰壳和椰蓉之间的纤维看见了没有？能做扫帚，毛刷，缆绳，棕床，这些东西都可以在海上用。椰树是吃着海水迎着海风长起来的，用它做原料的物事都不怕海水腐蚀……"

那天黄昏，在海边，喝着椰汁，吃着椰蓉，朋友散散淡淡地对我普及着椰子常识，我边听边用手机在网上搜索，看到极有趣的两条，其一来自《古今注》："乌孙国有一青田核，形状如桃核，核大数斗，剖开后用来盛水，则水变成酒味，极为醇美。饮尽随即注水，随尽随成。"其二却无出处，听起来像是传奇："椰壳，可作盛酒的器具，若酒中有毒，则酒沸起或壳破裂。"

"椰树也是浑身是宝。椰干可以加工成椰油。椰叶不仅仅是好看，还能做编织。椰花的花苞还能酿椰花酒呢，椰树的树根也是很好的药材……"

椰子，是椰树的孩子。椰树，是海南的省树。起初，我暗暗怀疑，椰树之所以能获此殊荣，是母凭子贵。至此方才明白，如果说椰子是完美之果，那么椰树就是完美之树。它不仅仅意味着吃食、饮品、用具，意味着最朴素最世俗的美，同时也是歌吟，是画卷，是最闲情逸致的表达。既是那么柴米油盐酱醋茶，又是那么琴棋书画诗酒花。——很多树是没有果实的。或者说，没有实用的果实。但在海南，这椰树，这最家常最日常最寻常的树，这是和此地的人们最息息相关的树，它真是最美丽又最实用的树，真是最泼皮又最厚道的树。

我沉默着，看着高高的椰树。那巨大的伞状椰冠正迎风起舞，轻盈地舒展着，酷似绿色的礼花。——这礼花不同于那些虚华的礼花，这意味着绿荫、果实和诸多礼物的礼花永远不会转瞬即逝，永远在盛放。

六

最后两天是在三亚，椰子价格飞快地涨起来。由十块涨到十二，又涨到十五，我们喝得最贵的一只椰子，是在寿比南山的那个南山里。我们在观音苑酒店的大堂闲坐，背靠南山，眼前是南海，海风习习，海岸边的椰树摇曳生姿，椰叶婆娑，不远处的海面上，是一百零八米高的南海观音，俯视众生，盛大庄严。

椰子二十四块钱一只。我一边吃着此次海南之行最贵的也是最后一只椰子，一边对朋友历数这几天我一共吃了多少只椰子：红椰，绿椰，黄椰，晨椰，午椰，晚椰……数了半天也没有数清。

“吃了这么多椰子，再对椰子说句什么吧。”朋友道。

“日啖椰子一两只，不辞长作海南人。”我笑。

我们慢慢地吃着椰子，看着近在咫尺的南海观音，我忽然想起很久以前的那首《外婆的澎湖湾》：

晚风轻拂澎湖湾
白浪逐沙滩
没有椰林缀斜阳
只是一片海蓝蓝
……

“海南如果没有椰树，如果没有椰子，那真是不可想象。所以，椰树还有两个名字，”朋友说，“一是生命树，二是宝树。”

“好名字。真配。”我说。

“所以，那年全民评选省树，一百零四万张选票，椰树得了七十多万张。”

“还不够多。那二三十万人都想什么呢？”

我们一起笑起来。

——海南岛，还有一个名字，叫椰岛。

必须承认，海南除了男人和女人之外，还有一类人，他们的名字就叫椰树。一方水土养一方人。椰树，就是海南这方水土的人。他就是一个个男人，她也是一个个女人，就是与海南大地上一切劳动生息的人们不可分割的重要存在——以植物的形式，最特别的存在。

也因此，在海南生活的这些人，其实也都可以被称为椰子：椰树之子和椰子之子。

据说椰树的寿命会达到八十年以上。和人一样。

祝它活得更长。它应该比人活得更长。

新疆短章

草香嘹亮

可能，只有在新疆，才会看到这样放置薰衣草的方式。

早知道伊犁盛产薰衣草，但这次去不了了。不到新疆不知道地大，大到让时间无奈。只有留个念想给下次。好在物流顺畅，朋友说，处处可买薰衣草。

“喏，我敢确定，那里面就有。”朋友指着路边一溜标着特产字样的小店。此时，我和她正坐在布尔津的夜市上吃烤鱼。夜宴完毕，我们便进了一家小店。一进屋——不，还没进屋，我就被一股香气击倒了——是的，不是钩住，是击倒。我知道很多人都喜欢形容香气是带钩子的，把人的心钩了过来，但这里的香气确实是凶猛的，是有重量的，因此，只能是击倒。

我有些昏昏然地进了这家小店。

“有薰衣草吗？”

“喏——”一个漂亮的维吾尔族姑娘朝墙角处一指。

“哪里？”我没看到。

朋友径直走了过去，用手扒拉起了墙角的麻袋堆。我正纳闷她怎么那么粗鲁，她却将一个麻袋口子拉扯开来，对着我道：“这不是？！”

我讶异着走过去看，呵，果然是。麻袋里，一粒粒小小的花朵，蓝得发紫，或者说紫得发蓝，玲玲珑珑，娇娇媚媚，既似含苞待放的骨朵儿，又似盛放后结结实实地裹了籽儿般地聚拢着所有的唇瓣，又或者像是落魄到尘世的乖巧的星星。

我学着朋友的样子，慢慢地把手插进麻袋深处，微微的簌簌响声是那么利落，仿佛米的质地。我将腰慢慢探向麻袋——那如酒的香气啊。

一路逛来，每个店里都有薰衣草，每个店里的薰衣草都是如此放置。以至于到后来，一看到那粗糙的麻袋，我的脑子里都会反射出三个字：薰衣草。当然这种麻袋只是薰衣草的小仓库，每个店里都预备有很多种精美的小袋，便宜的两三块钱，是透明镂花的纱袋；贵一点的十来块钱，是各色的绸缎袋。这价钱里已经包含着薰衣草了。我挑了一些绸缎袋，让朋友帮我撑着，往里面装薰衣草。朋友叉开双手，大把大把地把薰衣草往袋子里摁，摁得我心惊肉跳。

“你小心点。”我说。

“怕撑坏袋子？”朋友说着放柔了动作，我却忍不住笑起来。她见惯了薰衣草，以为我在心疼袋子，却不知道这袋子对我来说真是无所谓，我心疼的只是薰衣草。忍不住隐隐地替薰衣草抱屈：这可是薰衣草啊。在内地，我用十几块、几十块才可以买上一小撮，珍重地放在枕边或者是衣柜里。但是，在新疆这种地方，薰衣草怎么就被看得这么家常？怎么就被对待得这么随意？

不过，再一想，也对。旅行的意义恐怕也在于此吧。“离开自己待腻了的地方，去看别人待腻了的地方。”就是这样。此地的家常在异乡人眼里就是新鲜，就是珍贵。正如一个贵州的朋友到河南之后，盯着我们阔大的麦田目不转睛，说从没有看到过如此平整的田野。而在这种处处皆有却不自知的家常随意里，其实也有着某种骄傲：“这种东西，我们有的是！”

将薰衣草放进包里，我背了一路，回到河南，下了飞机，在等行李的时候，一个女孩子忽然在我的身边停下，指着我的包，喜悦地说：“里面有薰衣草！”

我点头，忍不住笑了。这来自新疆的薰衣草啊，它的香气是那么嘹亮，简直是会唱歌呢。

亲爱的雪山

从喀什回乌鲁木齐的路上，我看见了雪山。

以前也见过雪山，在四川，在青海，都见过，但都是在平地上见。平地上仰望着雪山，觉得就是一幅风景画，美，干净，然而不过也就是如此了。

但是，这次，不一样了。

从喀什起飞，天气真是好，能见度高，比来时要好得多。从乌鲁木齐来的时候，只看见飞机下面是密不透隙的厚绒绒的一层白棉花——天上的云铺成这样，地上的天气肯定是阴的。而现在，近处白云朵朵，远处朵朵白云。在白云与白云的疏朗空隙间，大地上的景物历历在目：机场附近是寸草不生的土山，黄澄澄的，波浪起伏——不，是土浪起伏，如一双无名大手捏塑而成，又如黄土起浪的瞬间被神力凝固，就留下了这么生动的影像。然后，飞机渐行渐远，渐行渐高，就看见了土山之外大块大块的绿色平原，再然后，是赤橙黄绿青蓝紫的七彩大地——没有哪个地方能比得上新疆大地的绚丽色彩了。

地上看累了，就看天上。其实也就是平视窗外。此时，我正在天上呢。忽然觉得前方的白云有些异样起来：好像白得不那么亮，有些阴，有些沉。而且，还不飘，不移，不动，很笃定，很密实。心里诧异起来，便目不转睛地盯着那一线白云，近了，近了，又近了，我终于看清楚：在青黑色的山体之上，由赤橙黄绿青蓝紫的大地铺垫着，一层层的，忽然就有了一条整整齐齐的雪线。

不是白云，而是雪山。

此时的心还是平静的，雪山嘛，又不是第一次见。但是，再看下去，我的心跳就加快起来。这雪山，不是一座，而是一排。不，不是一排，而是一群。不，也不是一群，而是一群接一群！近景，中景，远景，都是雪山！

此时再去看大地，才更清晰了雪山的高，才更清晰了这一个阶梯、一个阶梯铺垫到雪山的高是怎样一种奇迹：大地上繁衍生息，炊烟四起。人烟之外，有广漠的田野或者荒原。然后，是缓缓上升的坡，逐渐站立起来的山，再然后，一层层，山越来越深高起来，才有了雪山：低雪山，微高雪山，中高雪山，高雪山……

这时方才知道：雪山多么不容易。在这人间，能始终有那么一片洁白，有多么不容易。

无比敬畏，无比臣服。

突然想落泪。

忍不住想笑自己矫情。但是，也知道这不是矫情。没有一个熟人，这矫情给谁看呢？

那么，为什么想要落泪呢？

因为，仿佛看见了神。

那么冰清玉洁，那么凛然不可侵犯，那么雄壮，又那么稳健。仿佛是神在俯瞰茫茫大地，芸芸众生：你们这些愚钝者，贪婪者，卑微者，自大者，到底以为自己是什么？

飞机在雪山之上，我却知道自己是那么渺小。因这高，很快就将降落。是轻浮的高，短暂的高。

我忽然觉得，冥冥之中，上帝之所以让人类开启了制造飞机的智慧，他真正的用意，也许只是为了让我们稍微领略、知晓和体悟一下神的角度，让我们知道：神就是这样的。

神就是这样的啊。

雪山一路，一路雪山。我的眼睛始终盯着这些雪山。我知道这是一种奢侈——是何等的奢侈啊！

蓦然间，在雪山的怀抱里，我忽然看见了许多小湖，一汪一汪的小湖镶嵌在雪山之中，如一块块翡翠——不，还是用新疆的和田碧玉来形容它更贴切些。这一块块纯净的碧玉就那么澄澈地仰视着天空，如同天使的眼睛。

我的眼泪终于落下。

亲爱的雪山啊。骄傲的、安静的、纯美的雪山啊，请原谅我所有的黑暗、丑陋和污浊，请原谅我一切的不好和不妥，请原谅我。我向往如你一样骄傲的安静的纯美的人生，但是，一时间我还做不到，或许，一辈子我都做不到，但是，你在这里，我知道。你在人间，始终都在，我知道。你离我不远，我知道。我会一直一直靠近你，我知道。

额尔齐斯河边的石头

新疆。新疆。在新疆的日子，我经常会神经质地念叨着这两个字。新，疆，真是一个好名字啊，尤其是那个“疆”字——只有新疆，才能担得起这个字，这个辽阔的、苍劲的字。

没错，这个字，必须用辽阔和苍劲来形容。辽阔的地方不少，比如内蒙古，但草原的柔美也只有用“原”这个字才最恰当。而只有在新疆，才是辽阔和苍劲兼容的。那是一种坚硬的、有力度的辽阔。无论是戈壁滩还是沙漠，无论是山川还是河流。

额尔齐斯河也是这样。

在北疆的行程中，额尔齐斯河的波浪始终陪伴着我们：在去喀纳斯的路上，在去禾木的路上，在去布尔津的路上……那时，在支流的局限下，这些波浪不得不暂时从属于布尔津河，后来一到北屯，这些波浪便拥有了享用终身的名字：额尔齐斯河。

那天下午，吃过饭后，我们来到了额尔齐斯河的河边。

首先看到的是那些大树。它们都已经死了，但仍然保持着它们的雄浑和粗壮。据说是因为额尔齐斯河的水量减少之后，它们缺了水，被渴死的。而额尔齐斯河之所以水量减少，是因为被人为地分流了出去。这样人为的干预，不仅让等待河水滋润的其他地方深受困扰，也让额尔齐斯河本身的生态环境发生了很大的改变。

这些死去的树，就是改变的结果。

这样的树，还能用来做什么呢？除了成为标本。我走上前，轻轻地抚摸着它们——这些大树，忽然想起一个不恰当的比喻，它们很像某些不合时宜的天才，诞生下来却百无一用，就是为了最后遗憾地死去。

河水少了，河岸的石头就多了。在北疆的每个小城，都可以看到“戈壁玉”或者“彩玉”的门店，据说卖的都是戈壁滩和河边的石头。

“捡玉吧！”朋友说。

于是，我们便在额尔齐斯河河边分散开来，捡玉。河岸很宽。额尔齐斯河这样的河，河岸肯定是很宽的，比河还要宽。我们几个分散开来的身影，远远地看去，很快就显得微如草芥了——不，不对，是微如石头。

石头真多。我蹲下来，去捡。一个，一个，又一个。石头们被河水冲刷了那么多年，都很光润。大的大，小的小，黑色，铁锈红色，土黄色，更多的是一种青灰色，像浩浩荡荡的额尔齐斯河。

我捡一个，丢一个。再捡一个，再丢一个。好不容易挑了一块满意的，看到了更满意的，就把手中的放弃了。我看同行的人，似乎也都是这样。我们都默不作声地捡着，捡着，只要听到某人惊呼，就知道他有了“艳遇”——遇到了自己喜欢的玉。

这么捡下去，也是能让人上瘾的。捡啊，捡啊，都知道该走了，明明也有人一遍遍地说道：“走吧，该走了。”但声音过后，大家还是会默默地捡下去，再捡下去。捡着，捡着，我的心越来越静。我问自己：你能捡多少呢？捡回去又能怎么样呢？放在你的案头又有什么意义呢？我看着满眼的额尔齐斯河石头，忽然觉得，对于捡它们的我们来说，这些与其说是石头，不如说是一种充满诱惑的嘲笑。

最后，我放下所有的石头，停了下来。这时的我，已经离河水很近了。被分流的额尔齐斯河依然有着让人敬畏的气势，可想而知它以前更胜的风采。这样有力的河流注定是不会太清澈的。它带着特有的厚重和浑浊向前默默地流着，流着，流着，验证着孔老师的那句名言：逝者如斯夫，不舍昼夜。

忽然想起一篇小说的名字：《额尔齐斯河波浪》。那位敦厚的作家名叫红柯，他在小说中这样形容额尔齐斯河的波浪：

> 在晚霞烧红了整个额尔齐斯河两岸的黄昏时分，额尔齐斯河两岸的密林全都消失了，天空和大地也消失了，额尔齐斯河无比壮丽地流进太阳的洞里，太阳很快就被灌满了……那么大一条河都流进去了，太阳的肚子咕嘟嘟响一阵就没声音了。

离开河岸的时候，我两手空空。

"没有喜欢的？"朋友纳闷。

"都很喜欢。"我说。

"原来是没法子挑了。"朋友调侃，"那就随便捡两块吧。"

"不想随便，干脆不挑。"我随着他说道。

是的，是都很喜欢。但是，我就是不想把这些石头捡回去。

"我知道了，你娇气，怕沉。"

"聪明。"我笑答。

离开河岸的时候，我又回头看了一眼那些石头。就让这些石头待在河岸上吧，就让它们和额尔齐斯河在一起吧。就让石头归于石头，让我归于我吧。

在乡下茶馆里

下乡踏踏春，能减一点儿肥。怀着这样的动力，在这暮春时节，就和朋友逛到了这个小镇。小镇的街道上，不时可以见到披着艳丽头纱的女人身姿婀娜地走过，民居的墙上，也多装饰着伊斯兰风情的穹顶花边，清真饭店一间挨着一间——原来这是回民聚居地。

然后，就看见了那家茶馆。那实在不像个茶馆，没有装饰出我所见的城市茶馆的通常模样：一排垂着流苏的红灯笼，古色古香的仿旧滴水檐，再种几棵标志着遗世独立的竹子……也就是两层平房，大门大窗大玻璃，大大咧咧，粗粗拉拉。门口横七竖八地摆放着自行车、三轮车、机动三轮车、轮椅……各种交通工具汇展，凌乱不堪，却也生机勃勃。门前的树荫下铺着两张矮桌，每个桌边坐着四五个人，每人前面一个茶壶，桌上是暖水瓶，有的抽烟，有的说笑，有的静默着。

他们是在喝茶吗？是在喝茶。那这屋子是个茶馆吗？是个茶馆。

我走进去，热气腾腾的喧闹声扑面而来。看见我，似乎微微收敛了片刻——这里面全是男人。我双眼逡巡了两遍，确定只有我一个女人。看来这茶馆的风气不适合女人来，不过，又怎么样呢？我来了，恐怕也没谁好意思撵吧。

可是茶馆里满当当的，没我坐的地方。我就干站着，看着他们。起初也有几个人看我，很快就没人看了。他们都忙着呢，有的下象棋，有的打麻将，还有的在玩一种奇怪的游戏：像个简单的棋盘，棋盘上是不规则的石子儿，分成深浅两色对阵。我站在旁边懵懵懂懂地看着。

“摆山。”一个老头儿对我说，“这叫摆山。”

我笑笑。摆山，从没听说过。真长见识呢。

有人提着黑黢黢的大铁壶一巡巡地添着热水，添到谁跟前，谁就掀起茶壶盖。有的茶色淡些，有的茶色浓些，桌面上都是斑斑的茶渍和水渍。我跟着那提壶的人顺着一道门走到后院，呵，看见了一笼气势汹汹的火焰，火焰舞蹈在一个长方形的灶台里。灶台边上一溜儿十几个大黑铁壶，有的铁壶被烧得都起了白茬子。那提壶的人叼着一根烟，麻利地捅火，加煤，坐水，取水。我朝一个壶上摸去，还没摸着就感觉被烫到了。真热！

“老虎灶。”那人说。

老虎灶我倒是听说过的，却是第一次见。这名字真好听。

再次回到茶馆里，有几个老头儿笑眯眯地看着我，像看着什么稀罕。

“喝茶不？”有个瘦老头儿提了提自己的茶壶，其他老头儿笑起来。瘦老头儿似乎很为自己的率先搭讪而得意。

“您喝的是什么茶？”我猜测着是龙井、香片，或者是毛尖——这里离信阳不远，毛尖极有可能。

“青茶。”老头儿说，看我没听懂，又重复，“青茶。”

我明白了，就是最一般最一般的青茶，顿时为自己的矫情羞愧。在这样的茶馆，还谈什么龙井、毛尖？怎么不扯到金骏眉、大红袍呢！

“也是好茶。”老人家又说，“闺女，来喝一口。天大地大，先来口茶。”

不知道为什么，听到这样的话，看着他的笑容，我居然有点儿想掉泪。

“还有事呢，我得走啦。”我说。

“事得论，茶也得品。都不耽误。”

我笑着朝他道了谢，出了茶馆。站在门口又流连了一会儿，方才慢慢地走开。又逛了一会儿，发现这样的茶馆在这镇上还有很多家，家家生意都很好。后来我又听说，这里的人这么喝茶已经有几百年的历史了，这才忍不住惊叹，在河南，在这个乡下的小镇，居然还有这么多的茶馆，还有这么浓的茶风，还有这么多粗粝、洒脱且强韧的欢乐，真是不俗啊！

这个小镇，叫姚庄，在郏县。后来我才知道，1094 年，苏东坡南迁路过此地，顺便去看望在附近任职的苏辙，兄弟便约定百年之后同眠于嵩少南麓的莲花山下，“葬我嵩少，土厚水深”。1101 年，苏东坡复任朝奉郎，北归途中卒于常州，次年，其子苏过遵嘱将父亲灵柩运至此处安葬。后来苏辙的灵柩和苏洵的衣冠冢也相继于此安葬，人称“三苏坟”。

三苏坟距姚庄，仅仅三十公里。

杭州的美好时光

年月日都记不清楚了，但地点和人物不会忘。地点都是杭州，人物都是朋友。

似乎是初秋的一个午后，我和几个朋友陪毕飞宇在西湖边上的一家茶馆喝茶。他是下午四五点钟的火车，从午饭后到上火车还有两三个小时的空闲，我们就陪他喝茶。他很健谈，又应答机敏，于是人人如沐春风，满座皆欢。他说菜肴，说孩子，说旅行，叙着这些家常的时候，颇有些与他闪闪发光的两眼不相称的慈祥。等到转聊小说，说《玉米》，说《青衣》，说《平原》，说起他很短很短的一个名叫《地球上的王家庄》的短篇，他的神情里又满是少年一样的欢悦和率真。偶尔停顿的片刻，我们一起看着窗外波光潋滟的西湖，初秋的湖面上有些萧瑟，荷叶已经卷起了深褐色的边儿。“留得残荷听雨声”？那时却没有雨。不过能“留得残荷看秋色”，没有雨也是好的。

当然，有雨更好，尤其是在西溪湿地。和北北、魏微、东西一行在西溪湿地那天，一路都伴着蒙蒙细雨。我们一会儿打伞，一会儿收伞，打着收着就乱了套：明明下着雨，我们却都淋着，任衣服和头发在雨里润着；明明雨停了，我们却还打着伞，伞顶碰着了低低的树枝，又引逗出一阵雨来……突然，前面出现了一排小小的店铺，藕粉、桂花糕、糖葫芦，各种食物的香气砸了过来，不见其面便知其味。“臭豆腐！”我们一起叫。顷刻，每人手里捧了一碟，用竹签扎着，满脸幸福地饕餮。这幸福一直绵延到那顿丰盛的午餐，饭菜精致也就罢了，最难得的是那饭店里的书卷气：到处都是书柜，到处都是书，且不是装饰，而是可以随手取读。于是在上菜的间隙我们人手一本。我读的是郁达夫的楹联影印本。“曾因酒醉鞭名马，生怕情多累美人。”“绝交流俗因耽懒，出卖文章为买书。”……真是满口余香。酒足饭饱，能再睡一觉最好。于是我悄悄到屏风后面的春凳上睡了一小会儿，也许是五分钟，也许是十五分钟。

和张欣在西湖边散步的时刻，是在黄昏。晚饭后，我们从所居的华北饭店出发，几步走到湖边，一路前行。走得并不快，却走了很久。西泠印社、苏小小墓、三潭印月、苏堤……遥遥可见雷峰塔。一路走来，又一路回去。那一路，我们几乎没有看西湖，看的却是一路的行人。人自是很多，绵延不绝，处处闻声，却也并不熙熙攘攘，摩肩接踵。都是有距离的，也都是悠闲的，仿佛都已在这里岁月静好安居百年。我们驻足了好几次，看那些凉亭子里的人唱戏，唱歌，跟着围观的人一起鼓掌叫好。那是杭州人最普通最平凡的一个黄昏。在那个黄昏，我淹没在西湖边的人流里，一点儿都没觉得自己是一个游客，一个外人。

这么多年，来过杭州总也有一二十次，也常常收到来自杭州的礼物：茶叶、丝巾、小核桃、杂志、书……但最奢侈的还是这些美好时光——这些文学界朋友所赐的美好时光。这些朋友，当然更包括常住在这里的土著：袁敏、钟求是、吴玄、柳营……还有去世不久的盛子潮。杭州自然是美的，但如果不是他们，这美对于我的意义便不会这么鲜活，这么温热，这么芬芳。如同我手中的这杯雨前龙井，这盛开在青花瓷里的碧绿春天。

洛阳花

洛阳是我生平第一次远游所抵达的城市。那一年我刚刚十岁，乡里组织一些优秀的民办教师去洛阳看牡丹，可带一名家属。于是旅游这种新鲜事就很稀罕地落在了妈妈身上，从而也辐射到了我。天刚蒙蒙亮，我们就先骑着自行车到了离家十里的焦作市，搭上了到洛阳的首班公共汽车。本来我是铆足了精神准备过眼瘾的，没想到却大丢其人：先是睡，睡得昏天暗地。然后是吐，吐得不亦乐乎。从焦作到洛阳三百里路，最起码有两百里我的脑袋都在窗外。到了洛阳之后，先去王城公园看了牡丹，然后去龙门看了石窟。在龙门拍了一张模糊不清的黑白照片之后，就匆匆忙忙地滚了回来。

然后就是十八岁那年，我和一位闺密趁着暑假带了一百块钱，决定去洛阳看牡丹——因十岁时的记忆，洛阳似乎是我最有把握的地方。照例先到王城公园，在治安人员的疏忽中，我跳进牡丹花丛里拍了许多搔首弄姿的照片。然后又去逛龙门，在白居易的故居白园附近找了一家招待所住了一夜，门坏了，我们把椅子架在桌子上顶着门，第二天醒来，两个人的眼睛都是红红的。怎么可能睡好呢？

更尴尬的是下面的旅程：我们玩过了白马寺，又去了少林寺，从少林寺出来之后就没有回洛阳市的公共汽车了。我们傻了眼。后来还是求了一个收停车费的男孩子，他找了一家单位的旅游专车，把我们带到了市内，让我们搭上了最后一班开往焦作的公共汽车。我至今仍记得他的模样：黑黑的，高高的，眼睛小小的，脸很脏，耳朵眼儿里都是灰尘。

那次行程，除了那个男孩子，印象最深的还有龙门石窟奉先寺的一尊雕像，她真美。任何形容都不为过。我一直怀疑，那些工匠在雕这尊石刻时，怀着的是最复杂最丰沛最温暖的对于女人的全部情感理想：母亲的慈祥，仙人的飘逸，佛家的悲悯，恋人的艳丽，哲人的智慧……她有着那么一种从容大度仪态万方的美。这么多年过去，我从没有见过比她更美的佛像。她是洛阳城最特别最珍贵开放最长久的牡丹。她的名字叫卢舍那。

后来去洛阳的次数渐渐多了，也结识了许多洛阳的朋友。吃过那里的水席名店"真不同"，去关林服装市场淘过衣服，连洛阳的方言也明白了八九分。还别说，这里的方言还真有趣。举例如下：厮跟：一起、一块儿。造句：我们厮跟着去吃水席吧。生发：做一做，搞一搞。造句：奥运会这件事值得生发生发。浪：游玩，散步。造句：你和女朋友去河堤上浪了？耐烦：喜欢，爱。造句：那两个人正互相耐烦着呢。

洛阳的豫剧名家马金凤也是我喜欢的。她唱得真是好。在我心里，她的声音是另一种意义的常开不败的牡丹。——又说到了牡丹。也是，说到洛阳，牡丹终究是不能绕过去的。牡丹，别名木芍药、谷雨花，又名洛阳花。这花的历史之久，传说之多，盛名之重，不必赘言，有诗为证："洛阳春日最繁华，红绿荫中十万家。谁道群花如锦绣？人将锦绣学群花。"——怎样的锦绣？且听听这些名字：鲁粉、芳纪、海黄、姚黄、紫红殿、杨贵妃、观音面、户川寒、赛雪塔、琉璃贯珠、乌龙捧盛、雨后风光、青龙卧墨池……六百多个品种呢。起起就恍惚了，就不知道该怎么起了。比如"葛巾紫"原就不错，又出来个比它还胜一筹的，那就顺势叫"胜葛巾"了。而在这些牡丹里，最绿的是豆绿，近与叶绿。最黑的是冠世墨玉，深紫至黑。花瓣最多的是魏紫，约六七百片。最红的是火炼金丹，最白的是夜光白，最蓝的牡丹是蓝田玉，最佳的同株兼色是二乔……从四月底到五月初，"花开花落二十日，一城之人皆若狂。"家家户户都在牡丹的芳香里沉醉着。这浪漫绚烂的二十日，是全城人和牡丹如胶似漆的年度婚礼，我们这些游客至多算是观礼的嘉宾。这二十日之后，洛阳城和牡丹便陷入了又一轮既甜蜜且煎熬的长相思。

不由得想起那年在菏泽，导游小姐隆重无比地给我介绍："菏泽牡丹甲天下。"我问她："那洛阳牡丹呢？"她把脸一沉，勉强承认："也甲天下呗。"

又想起去年冬天，我坐火车去上海，碰到一个到洛阳出差的上海人，他的行李除了一个随身包就是两个蛇皮袋。聊天时他告诉我，那里面装的都是牡丹花根，一百块钱一袋。

"你能保证买的花根都开花吗？"

“我已经买过八袋了。每次出差到洛阳都买。”他说，“不知道明年会开出什么样的花，但是没有不开花的。从来没有上过当，很好养：值着呢。”

我问他具体的购买地址，他笑了：“只要在洛阳，随便哪个地儿都可以买到。”

图书在版编目（CIP）数据

天气晴朗，做什么都可以 / 乔叶著 . —北京 : 北京联合出版公司，2018.3

ISBN 978-7-5596-1503-9

Ⅰ . ①天… Ⅱ . ①乔… Ⅲ . ①散文集—中国—当代

Ⅳ . ① I267

中国版本图书馆 CIP 数据核字（2018）第 005766 号

天气晴朗，做什么都可以

作　　者：乔　叶

策划出品：青橙文化

监　　制：王二若雅

责任编辑：管　文

特约编辑：大　风

封面插画：金　金

内文插画：怪咖的小时候

装帧设计：丛　林

北京联合出版公司出版

（北京市西城区德外大街83号楼9层　100088）

三河市文通印刷包装有限公司印刷　　新华书店经销

字数180千字　880毫米×1230毫米　1/32　8.5印张

2018年5月第1版　2018年5月第1次印刷

ISBN 978-7-5596-1503-9

定价：39.80元